GIUSEPPE

SILVIA MARIA GUARNIERI

A Cecilia e Livia,
I miei grandi amori

Ad Andrea, che crede sempre in me.

Grazie per condividere con me la poesia di questa vita.

Passeggiando in un parco a Roma,
di fronte ad una villa abbandonata,
ci avvicinò la solitudine di un clochard.
Si chiamava Giuseppe e ci offrì un caffè.

Intorno a lui ho immaginato questa storia.

Giuseppe non saprà mai che ancora lo tengo nel cuore.

Di sera il cielo è rassicurante. Se si osservano i colori, le nubi, l'odore del cielo di sera, sembra di essere abbracciati. La giornata si arrende alla sera, stanca di tanta fatica. E' il momento che preferisco, getto le armi. Riflessioni pacate analizzano la giornata e ne assaporano la morale. E' il riassunto delle azioni, decantate dall'analisi. Ogni giorno mi abbandono all'ora della sera, l'ho sempre fatto da quando ero bambino e l'ho fatto sempre anche quando non potevo vedere il cielo. Rituale cadenzato che ha accompagnato il mio cuore giorno per giorno.

Devo alzarmi, devo trovare un ricovero per la notte, stanotte sarà freddo e la coperta non mi basta. Il posto di ieri non va più bene, troppa gente nuova e rumorosa anche un po'

violenta, ieri ho avuto paura. Non ho voglia di avere paura stanotte, sono troppo stanco e voglio dormire. L'umidità dell'erba si fa sentire, a stare troppo sdraiati allo spettacolo del cielo si rischia di prendersi male alle ossa, devo riguardarmi, perché l'altro inverno è stato doloroso. Un attimo ancora seduto ad osservare la strada e poi mi alzo, con il mio pacco di cianfrusaglie utili al puzzo di mio.

Anche la strada si sta allargando, dopo la giornata la gente si ritira a casa, dopo la giornata anche la gente si arrende alla fatica. Il ciclo del giorno quando torna alla fine è contento di rilassarsi perché va in stanca discesa. Si distende anche il panorama vuoto di gente e la meta del sole che tramonta fa apparire tutto più nitido.

Pochi passi e raggiungo il marciapiede, mi volto per osservare l'erba schiacciata dalla mia sagoma. Interessante vedere l'impronta della mia sosta, chissà se i fili d'erba si ricorderanno di me. Piano, piano alzano la testa anche loro e riprendono con uno scatto la propria forma ad uno ad uno. Devo allontanarmi dalla zona di ieri, quindi è il caso di andare a sinistra, forse la zona sarà più tranquilla e troverò un ricovero più caldo. In lontananza vedo un ponte, chissà forse troverò un piccolo angolo dove annidarmi. Mi incammino guardando i miei piedi.

Scendo lungo la sponda che affianca il fiume e affianca il ponte. Le sponde accompagnano il dislivello in piccoli terrazzamenti dolci e, in corrispondenza delle arcate che costruiscono il ponte, tagliano poi il fiume. Mi avvicino alle arcate del ponte, mi faccio strada tra qualche arbusto esuberante e trovo un passaggio agevole sotto un'arcata. Per quanto in penombra, la luce riesce a penetrare nel tunnel e lo rende, a suo modo, rassicurante.

Entro e, poco dopo essere entrato, intravedo una piccola nicchia creata chissà per quale scopo, abbastanza ampia e sufficientemente profonda per sistemare un giaciglio. Qui è asciutto, sembra possibile un ricovero, neanche l'ombra di altre ombre, neanche l'odore di altre presenze. Potrebbe andare, mi fermo, controllo ancora, quindi apro il mio sacco, tiro fuori l'essenziale per annidarmi. Prima un telo di plastica e un cartone per l'isolamento, poi le mie pezze calde. Faccio le prove e mi distendo. Riesco persino ad allungare completamente le gambe. Sistemo ogni cosa con rigore maniacale. Il luogo è nuovo, ma l'ordine delle mie cose è antico. Mi rannicchio con il respiro sotto la coperta per scaldarmi, devo pensare con fiducia a questa notte, altrimenti non riuscirò a prendere sonno. Mi guardo ancora intorno, l'intonaco scrostato delle pareti rende visibili alcuni mattoni e le crepe creano disegni che si possono percorrere con la fantasia per vedere giochi folli di graffiti animati. Vedo animali, eroi, montagne, onde, guerrieri, foreste. Le mie fantasie sono sufficienti a creare storie così complesse che per districarmi mi perdo e senza accorgermene mi addormento dopo poco.

Qualcosa mi tocca e con spavento mi sveglio.

- "Cosa diamine?! ... chi si è infilato dentro alla coperta???"
Che paura mi hai fatto prendere!

Tòh che musetto carino, un cagnolino di razza bastarda come me. Bianco, si fa per dire, a chiazze marroni, peloso ispido e con le orecchie storte. I suoi occhi mi guardano, sono scuri e sono profondi e liquidi come le avventure che lo hanno portato qui. Non chiede permesso, è entrato sotto la coperta e mi guarda.

-"Ehi intruso, già hai fatto il nido?"

Mi basta un'occhiata per capire che stanotte dormiremo insieme, forse ci potremo scaldare meglio. Benvenuto scalda cuccia! Mi addormento di nuovo, ma stavolta con un sorriso ironico ... è bello avere uno scalda cuccia e di certo, per uno che sfida la notte come me, è anche molto comodo.

Chi dorme per strada si sveglia con i rumori della mattina, i primi stropiccii degli uccelli, che allarmano l'intenzione del giorno di affacciarsi. Stropiccio di piume, qualche timido cinguettio e poi una festa di cinguettii che diventano assordanti. Gli uccelli sono particolarmente loquaci all'alba. E' la festa della loro resurrezione. Nella loro consapevolezza corta, il buio della notte è la fine che assomiglia alla morte e svegliarsi con il chiarore dell'alba sembra loro come di risorgere. Ecco il perché di tanta festa e di tanti canti e schiamazzi. L'alba è invece particolarmente rumorosa per chi non ha voglia di risorgere. Ti rendi conto che la notte sta finendo e prendi il tuo tempo, concedendoti il lusso che solo chi ha saltato la rete conosce. Mi riaccomodo meglio dentro le coperte, sfruttando ogni centimetro di caldo accumulato dall'intera notte, attento a non sconfinare quel salto termico che avverti come una barriera gelida a definire il fuori. Con sorpresa mi ricordo che ho un ospite sotto le coperte che non intende concedermi i suoi centimetri. Spunta il suo muso dalla coperta e socchiude gli occhi. Ci guardiamo, ci studiamo, osservando fattezze a noi sconosciute che vorremmo diventassero familiari, ogni particolarità viene memorizzata e poi ci riaddormentiamo ancora, contenti del caldo comune e felici di poterci sentire condivisi.

Troppa solitudine ghiacciava il cuore.

GIUSEPPE

Giuseppe è il mio nome, il cognome per un clochard non ha senso, visto che è solo al mondo e il mondo si è dimenticato di lui. Solo Giuseppe è quindi il mio nome, di soprannomi me ne hanno dati tanti, tanti quante le vite che ho vissuto, tanti quante le cucce che ho avuto, tanti quanti i quartieri che ho frequentato ... quindi troppi! Non me li ricordo e forse non voglio ricordarli. Parlo da solo come i matti, a volte ad alta voce, spesso nel silenzio della mia stanza cranio, dove le parole pensiero fanno chiasso perché rimbombano come pallina da flipper.

Sono del sud, asciutto come pesce secco e credo di averne anche l'odore. Qualcuno mi chiamava "subbia" per il mio ruvido corpo, ma non ricordo chi mi affibbiò il nome, poi perso in una cuccia di tanto tempo fa. Porto la cuccia sulle spalle come una lumaca, ma cammino dritto come la sfida. Pochi camminano dritti, perché la strada ti piega le ossa. La mia fierezza è invece pungente come i miei occhi di fuoco. Non mi frega niente di morire e sfido la strada. Solo i ricordi mi bucano il petto, ma il loro sangue non macchia la mia camicia, quindi li posso indossare anche con la camicia bianca.

Per un vagabondo la lucidità è cosa rara, non mi sono mai lasciato andare alla confusione. Parlar da soli è compagnia non indizio di pazzia. Sono un militare della disciplina, un emarginato lucido che ha scelto la strada per libertà. Non avevo casa sicura, non avevo famiglia accogliente, non ricordo mio padre e mia madre l'ho dimenticata quando lei si dimenticò di me. Non ricordo bene neanche i miei fratelli, perché ero piccolo quando scappai in strada e poi mi sono perso e ho perso anche i ricordi. La strada diventa invadente e nella testa i ricordi diventano sogni che si confondono con il confine dei ricordi. Non li distinguo più.

Non ho specchio e non voglio specchiarmi, non mi interessa il mio viso, perché io sono dentro e non quello che la gente vede fuori. Il mio dentro è talmente dentro che lo conosco solo io.

Leggo i libri che scrivo in testa e ripeto canzoni con parole a vanvera, creo poesie che non scriverò mai perché le perdo dopo che le ho pensate. Vedo i film dei miei sogni, che sono coloratissimi e quindi mi bastano. Imparo da ciò che vedo, valuto ciò che fiuto, mi fido a pelle o a pelle scappo, non mi fido affatto.

Io mi chiamo Giuseppe e me lo ripeto sempre ed ossessivamente, perché ho paura di perdere anche il mio nome e quello è il nome mio, unica storia che ricordo e unica lenza con il mio passato, unica ancora per non impazzire. Mi chiamo Giuseppe e sono dritto come l'orgoglio. Mi chiamo Giuseppe e sono mio padre, mia madre e i miei fratelli. Mi chiamo Giuseppe e adesso ho un cane che mi accompagna finché vorrà. Giuseppe e il suo cane al quale darò un nome antico ed importante come il mio. Troverò un nome che lo terrà legato a me come un compagno. Gli troverò un nome di cui sarà fiero. Il mio cane camminerà dritto.

Mi chiamo Giuseppe e la mia tiritera è l'unica filastrocca vera.

IL NUOVO RIFUGIO

Questo rifugio non è male. Quando mi sveglio la mattina capisco che l'angolo che ho trovato è ben protetto, nascosto ma non abbastanza, protetto dal vento e dagli sguardi, ma capace di monitorare il pericolo. Passano in pochi sotto al ponte e pochi possono osservare dietro alla nicchia. Spero di non avere vicini, così posso stare tranquillo di notte. Mi alzo e prendo il mio gruzzolo di cose, quelle che preferisco tenere addosso qualora mi perdessi, e decido di lasciare il cartone e le coperte, nascoste bene non me le ruberanno.
- "Cane vieni con me, che esploriamo il mondo!"
Il cane, ormai compagno di odori, decide di seguirmi.

Mi frego le mani sia per scaldarmi, sia per farmi coraggio. Un rituale che cadenza la mia organizzazione mentale, forse un tic propositivo. Vorrei sciacquarmi la faccia e sentirmi meglio, devo trovare da mangiare, qualcosa sotto i denti, qualcosa per il cane, eh sì, adesso ho un cane. Il ponte è vicino al fiume e posso lavarmi con facilità, poi penserò a come mangiare, intanto mi godo il panorama. La città si sviluppa anche sull'altra sponda. Il fiume fa da spartiacque architettonico. Sull'altra sponda solo grattacieli di vetro per insetti sotto vetro. Sembrano tutti uguali sia i grattacieli che gli insetti anche se pensano di distinguersi dagli altri e tra di loro. Vanità di altezza, luccichio di specchi, collasso di travi annodate. Vanità di nuova classe sociale, brillano macchine e orologi, vestiti minimalisti dai colori tristi, rigidi come il loro passo, impacciati e con le scarpe strette. Meglio dove mi trovo, casette e palazzetti decorati, poco aggressivi, giardini incantati, persone gentili. Gente che ha una storia alle spalle, gente che colleziona ricordi, gente di memoria e di favole da raccontare. Gente di rughe antiche. L'architettura influisce sull'umore di chi la abita e la percorre, infatti si riconosce anche dal passo. Sul versante antico i passi sono leggeri, gentili, passi di chi osserva il panorama e di chi soppesa la bellezza della vita. Umanità consapevole e rispettosa del proprio passato. Sul versante moderno i passi sono frettolosi, aggressivi, rumorosi, falsamente propositivi, ciechi alla bellezza. Umanità presuntuosa e prepotente che non ha memoria e che ne fa pure un vanto.

Sono arrivato in un parco e si è più sicuri nel parco e poi adesso ho un cane e lui ha bisogno di un parco.
Sento odore di pane, lo seguo.

Non chiedo elemosina, vero sono un clochard, ma ho dignità e disciplina di ferro. Forse la presenza del cane, forse la sua simpatia, qualcuno mi lascia pochi spicci dopo una carezza al cane, un ragazzo mi regala persino una pallina per farlo giocare. Tengo sempre qualche spiccio in tasca, una riserva

che a me sembra un tesoro. Compro un pezzo di pane in una bottega profumata. Ci sediamo su una panchina e sorridiamo a mangiare.
Pochi soldi, pochi spicci, ma il lusso di scegliere una cosa speciale ogni giorno. Una cosa che desideri. Poco che desideri. E' questo che ti fa ricco! Oggi il pane, domani noci, poi un gelato o una fetta di torta. La possibilità di scegliere cosa mangiare e la frugalità del pasto ti rende commensale ad un banchetto speciale, che con educazione amministri con parsimonia. Pochi bocconi, ognuno speciale, tutti ricchi di sapore. Il poco è ricco di gusto. Il povero è sazio.
Mentre sulla panchina io e il mio cane assaporiamo il pane, grati per il profumo di buono e grati per la ricchezza del pasto, proprio sulla riva del fiume osservo una ragazzina che guarda l'altra sponda. Ragazzina di circa dieci anni, castana, un semplice vestito bianco e scarpette da festa rosse. La carnagione talmente chiara e pallida da sembrare un'immagine in bianco e nero, se non fosse per la fiamma delle scarpette. Il vestito bianco si gonfia leggermente per il vento, ma troppo poco per lasciare il dubbio che sia solo un'immagine.

Le rive del fiume sono sabbiose e ci sono alcuni tratti di ghiaia e ciottoli levigati. Qualche ciuffo di erba cresce tra i ciottoli. Non c'è fango, sembra quasi un fiume di montagna ed è anche limpido. Osservo meglio la bambina che guarda fissa l'altra sponda e sembra di vedetta.

Il cane mi pone il muso sotto la mano, vuole un altro pezzo di pane. Finiamo il nostro banchetto e decido di esplorare il parco. Allungo lo sguardo verso il parco e la città vecchia, ho proprio voglia di curiosare.

- "Forza cane, che andiamo a spasso."

- "Oggi giochiamo agli esploratori!"

Dovrei trovargli un guinzaglio, così si sente importante, ma poi se non lo trovo è anche meglio.

Il parco lungo il fiume è curato, erba tagliata, cespugli rigogliosi, aiuole ricche di fiori, vialetti che serpeggiano tra gli alberi monumentali e soste con panchine per osservare l'acqua. Non è molto frequentato ed è un peccato che tanta bellezza sia ignorata, è evidente che chi ha opportunità gratuite non le apprezza. Mentre esploro il parco noto che la ragazzina non si è mai mossa, sempre ad osservare immobile l'altra sponda.

Trovo un'altra panchina per sedermi al sole e godermi il venticello profumato del primo pomeriggio. Da questa panchina osservo il prato ed anche la bambina che continua immobile ad osservare il fiume. Mi perdo nei miei pensieri, il cane sempre al mio fianco non mi molla e la cosa non mi dispiace affatto. Seduti sulla panchina, ci addormentiamo, vicini, sereni.

Quando ci svegliamo, il pomeriggio è già inoltrato.

Prima di ritirarmi verso il ponte voglio proprio gironzolare per il quartiere e capire bene dove mi trovo. Mi allontano dal parco e mi inoltro tra le strade del quartiere. Strade pulite, che sembrano un po' abbandonate, c'è aria di antico e di malinconia. I palazzi sono bellissimi, villini e case a schiera, pochi palazzi. Tanto spazio verde. L'architettura è curata, portoni importanti, grandi finestre incorniciate, marcapiani decorati, balconi con mensole fantasiose, ringhiere di ferro battuto e balaustre tornite, cantonali che definiscono il volume e tetti spioventi con grande sporto. Doveva essere un quartiere nato per la borghesia ricca e colta, perché solo chi è colto ama l'inutile decoro che appaga la vista. Chi non è colto non perde tempo per i dettagli. Chi non è colto forse non ha tempo. Io di tempo ne ho tanto e anche se non sono colto apprezzo per pigrizia tanta bellezza. La cosa che più colpisce è il silenzio delle strade o forse la pacatezza soffusa dei rumori delle strade. Si sente qualche rumore attutito dagli spessi muri che viene dalle case, una condivisione discreta, così discreta e soffusa come provenisse da una camera a fianco, di famiglia. Il profumo che si percepisce camminando è solo dei fiori e delle piante. Nei quartieri eleganti non si cucina. Nei quartieri popolari invece il profumo è di acre minestrone che riempie anche gli ascensori e si incolla alle pareti diventando ancora più acre. Chissà perché il popolo mangia cibo dall'acre profumo? Forse pensano che sazi di più.

Soddisfatto del giretto, io ed il mio fido cagnolino ci avviamo verso l'imbrunire, verso il nostro nuovo giaciglio. Mi avvio verso il ponte, in tempo per il buio, prima di rientrare sotto il varco osservo bene intorno, non vorrei essere seguito, non vorrei sorprese notturne. No, non c'è nessuno a quest'ora nel parco e nessuno mi segue. Entro veloce come un gatto, dopo pochi passi ritrovo la nicchia e ritrovo le mie cose esattamente come le avevo lasciate. Mi allestisco il giaciglio e cerco di addormentarmi con animo fiducioso. Il cane si nasconde sotto le coperte. Questo posto mi piace e mi sento sicuro. Aspetto il giorno dopo, che di solito è simile a quello precedente. Da un certo punto di vista, è più di routine la vita di un barbone che quella piena di impegni di gente comune.

Le croste dell'intonaco sembrano più definite, ho dato già un ruolo ad ogni taglio e un personaggio ad ogni crepa. Le figure iniziano a muoversi e inizia il film che mi farà addormentare. C'è un guerriero con un elmo piumato che combatte con lo scudo e una lancia contro un serpente. Il serpente è grande, ma il guerriero non arretra mai. Si studiano e il guerriero lo stuzzica con la lancia più volte, infinite volte, ripetitive volte. Il serpente non lo attacca mai. La sua testa imperiosa ondeggia, ondeggia sempre, con ritmo sempre uguale. Sullo sfondo ci sono montagne e una città ...

LA SCATOLETTA DEI SOGNI

La vita ti strattona sempre, non hai modo di contenerla. Non ricordo neanche più come mi sono ritrovato per strada e non ricordo neanche come ho passato tutti questi anni. Il fatto di non avere impegni scanditi e occupazioni quotidiane ti fa perdere la condizione di passi e gradini del tempo. E' tutto un prima di adesso e il futuro non ha visione. Il tempo passa su un filo continuo, dove il passato ed il presente si confondono. I cittadini invece, quelli con un ruolo definito, possiedono la percezione della conseguenza. Per loro c'è prima un passo da fare per ottenere il passo successivo. Per un barbone non esiste passo propedeutico ad un'azione e ad un dopo, perché non c'è il desiderio di un progetto. Non ho progetti per il futuro, intendo solo assaporare il quotidiano per quello che mi propone. Quando mi sveglio ed inizia la mia giornata raccolgo le idee per passare il mio tempo e per soddisfare qualche necessità, poche necessità, quelle indispensabili come mangiare. Non è difficile procurarsi il cibo in una grassa società opulenta. C'è tanto spreco a disposizione per ratti come me. I ratti non hanno inoltre tante pretese sulla qualità e sulla quantità. Noi mangiamo quel poco che serve, non ci ingozziamo per abitudine di farlo. L'istinto che governa gli indisciplinati liberi è la parsimonia scavata dall'abitudine a sopravvivere. Amministriamo anche i movimenti per non sprecare energie. Chi si muove in ambienti ostili, si agita poco anche per non dare nell'occhio.

Osservo le mie cose, dentro alla mia cuccia: qualche straccio per coprirmi, pochi stracci per nascondere la mia pelle, pochi stracci per scaldarmi, pochissimi oggetti di uso banale e la mia scatola dei sogni. Nella scatola dei sogni ci sono i colori che mi servono ad espandere le mie visioni: pastelli, matite, gessetti, un pennello, una piccola spatola, poche bombolette di vernice, quelle che trovo o quelle che con fatica compro, dipende dalla ricchezza che la sorte mi elargisce. Sono lo scenografo dei sogni, il vomita incubi, il ribelle dell'ordine. Ho scandalizzato benpensanti e fatto riflettere i pensanti con i miei disegni: riflessioni della gente contorte dalle proprie menti, riflessioni non sempre comprese e accolte dal proprio cuore. È la mia evasione onirica e la mia protesta cruda. Non perdono mai, mi vendico sempre. Frugo pezzi di emozioni e te li sbatto su un muro, te li sbatto in faccia, te li sbatto intorno. Non puoi non rimanere impigliato nella mia vendetta. Accarezzo la poesia del suono di una visione e la libero con violenza, senza freni. Una lezione poetica che si sprigiona e si compone. Il segno è il mio linguaggio e il colore è la sfumatura del pensiero. Il segno è secco, il colore è morbido. Il segno è la denuncia e il colore la sua compassione. Scolpisco situazioni, faccio muovere scenografie. Quando mi libero e mi muovo dentro la visione divento parte del sogno e rimango in trappola anche io. Sono il sogno stesso e lo condiziono come attore protagonista, non sono mai lo spettatore del sogno. Acchiappo spettri e li posiziono, catturo emozioni e le vesto di immagini, imbriglio paure e le impiglio nell'urlo, confluisco vomito di rabbia e lo scarico nella tempesta. Divento così potente come la libertà e così aggressivo come la rabbia di un'umanità tradita. La mia pietà per una vittima è sempre calibrata con la vendetta per un carnefice, una bilancia esatta. Non possiedo il perdono, non capisco il perdono, non mi hanno mai insegnato a perdonare. Il perdono appartiene a chi deve essere piegato, soggiogato, imbrigliato nella rete dell'obbedienza e deve ubbidire ad un padrone. Predicare il perdono è la migliore arma di chi deve comandare. L'autorità obbliga il suddito al perdono come atto di fede affinché non si ribelli mai alle ingiustizie imposte. Il Giudizio è compito dell'autorità mediato da un Dio, ancor più potente ed invisibile strumento di paura. Un perdono sonnifero per addormentare il senso critico, concetto bandito perché accusato di blasfemo giudizio. Il senso critico conserva al contrario una fiammella di desiderio di giustizia, l'articolazione di una visione propria di un mondo desiderabile, auspicabile e felice. Quell'opinione individuale è quindi considerata pericolosa per la cupola dei potenti, perché anarchica e troppo libera. Ecco infine religioni e potere che istigano il senso di colpa e come un'ostia di promessa di redenzione, diffondono il culto del soporifero perdono. Pozioni magiche e luccicante porporina salvifica elargite a spaglio con generoso e sorridente gesto di amorevole compassione. Pillole gratis di perdono, droga lecita e virtuosa per abbandonare i propri sogni, desideri, opinioni e voglia di giustizia.

E' tutto più semplice nella mia testa, tutto più istintivo e vero. Ho pochi ricordi, più simili a profumi che forse ripropongo per accarezzarmi la vita. Mia madre cantava filastrocche e io le vedevo danzare: pochi ricordi delle mie emozioni belle. Mamma profumava di buono e di dolce e di pulito. Quando disegno sento l'odore di mia madre. Quando dipingo sento il suo amore che non mi ha mai lasciato. Sono io che ho lasciato lei. Ho abbandonato il contesto di mia madre, ho abbandonato i miei fratelli, ho abbandonato lo squallore che la assediava. Io mia madre non l'avrei mai lasciata, ma il suo intorno mi feriva, chi la assediava provocava in me ferite emorragiche. Il cane mi guarda come se mi avesse ascoltato o letto i miei pensieri. Lingua di fuori e testa inclinata mi abbaia e scodinzola per empatia. Non credo capisca i miei pensieri, ma sente le mie emozioni. Scrollo la testa, rimescolo le carte dei miei pensieri per ricominciare la giornata. Non fa bene la nostalgia, non fanno bene i vecchi odori. Non debbono assediare il mio futuro, che ho voluto libero.
Oggi voglio proprio fare un bagno al fiume, e mi metterò anche a prendere il sole. Basta trovare un luogo appartato e tuffarsi in silenzio.
Chissà se il cane vorrà seguirmi nella nuotata, chissà se ha paura dell'acqua?

Arrivo al parco e inizio a cercare un posto tranquillo. E' davvero presto e posso trovare silenzio. Mentre mi incammino, di nuovo intravedo la ragazzina che ferma sulla sponda osserva l'altra riva del fiume. Ma non ha di meglio da fare la bimba? Sarà un po' suonata come me o forse solo una sognatrice. Fissa con lo sguardo verso il vuoto, in direzione dell'altra sponda, con il vestito bianco e le scarpette rosse.

Immobile lei, il vestito si gonfia appena al vento. Immobile lei, figura piana nel vento. Immobile lei e l'intorno si muove.

Immobile lei e la città vive. Immobile lei ed il fiume scorre. Immobile lei e i grattacieli volgari la guardano e luccicano invidiosi di tanta semplice e ingenua bellezza. Immobile lei e ... scrollo la testa.

Trovo un posticino perfetto per lasciare i miei vestiti e scivolare in silenzio nell'acqua. Il cagnolino mi segue, è evidente che non ha paura dell'acqua e ha piacere di nuotare. Strano effetto piacevole l'acqua fredda della mattina, mi godo il fresco.

Dall'acqua osservo il parco verde e la vecchia città che inizia a svegliarsi. Prospettiva da barca. A volte sto a lungo in acqua, fino a quando resisto. Il cagnolino invece entra in acqua ed esce, trovando modi immaginari di giocare. Mi giro e mi rigiro in una nuotata composta e silenziosa, mi fermo, osservo e ricomincio a nuotare, poi osservo di nuovo la riva con gli occhi e solo le narici sul pelo dell'acqua, come fanno i coccodrilli e ... la bambina sta ancora lì!
Qualche domanda inizio a farmela, visto che rimane ferma, vestita nello stesso modo, sguardo nel vuoto fisso verso l'altra sponda. Mi volto per vedere se guarda verso qualcosa e vedo in lontananza una piccola sagoma o forse un cespuglio o forse un ramo, una roccia, da qui non si capisce bene o forse non c'è nulla, solo immaginazione.

Mentre la bambina rimane a guardare fissa l'altra sponda, esco dall'acqua e mi rivesto, il cane si scrolla soddisfatto ogni goccia, in un sapiente, istintivo e antico movimento di effetto ritmico centrifugo a partire dalla testa e finire con la coda, quindi ricomposti ci incamminiamo a trastullare il tempo.

I colori di questo posto mi colpiscono: un azzurro cielo intenso e i rami ricchi di foglie verde carico, il prato è luminescente per quanto abbaglia e i fiori spiccano come stelle. C'è una bella energia qui, un'energia che ti circonda come aura fatata, spero di fermarmi per un po', quel tanto da caricare la mia anima, quel tanto da intrappolare questi colori nei cassetti della mente.
Domani comunque porto i colori e intrappolo la bambina su un foglio!

Adesso è domani e mi sto incamminando verso il parco con delle matite. Voglio ritrarre quella bimba impunita che fissa l'altra sponda. Mi avvicino e lei sta ancora sulla riva. Se non fosse per il vestitino bianco che svolazza potrei pensare ad una statua. Mi apposto sotto un albero per riprenderla da vicino senza essere scoperto. Non a tutti piace essere ritratti. Abbozzo la figurina e inizio a conoscerla mentre la ritraggo. E' proprio carina, potrebbe essere figlia mia. Guarda sempre verso lo stesso punto, ma io sono concentrato sulla bambina e non mi voglio deconcentrare. Pochi schizzi ed è finito. Non voglio definirlo troppo, altrimenti perdo l'impressione. Poche righe, poche curve, più che il segno del ritratto è l'immaginazione che ricostruisce il ricordo.

La vita di un clochard a volte è noiosa, cammini, passeggi, osservi, segui i pensieri. Se non avessi i colori sarei così annoiato da diventare irascibile. Potrei aggredire qualcuno pur di dare un senso alla mia giornata. Passeggio invece a cercare occasioni per far riflettere le persone. Ho usato i materiali più disparati per realizzare istallazioni e i colori più diversi per dipingere un flash di opinione. Sono proprio flash di opinione, visto che l'arte di strada è destinata ad essere cancellata. I flash servono ad illuminare e a far riflettere chi attraversa la vita cieco. Più sono inaspettati, più stupiscono, più creano sgomento o ironia e più sono un cazzotto al pensiero e alle consuetudini. Gli spunti li trovo tra la gente e le sue goffe assurdità. Sono uno psicologo dissacrante e cinico.

Di ogni individuo che incrocio mi rimane impresso un vizio o una virtù, in ciascun movimento o gesto scopro il complesso oscuro. Riesco nel tempo di incrociare una persona a captare ogni smorfia, capto anche gli odori che sono poi emozioni, capto variazioni di colore della pelle. Tutti siamo polpi e camaleonti, tutti cambiamo colore e tono di pelle a seconda se abbiamo paura o siamo felici, o siamo in volo pensieroso, o siamo innamorati, se vogliamo confonderci, se vogliamo apparire. Ogni persona ha un indizio sottile del carattere e della personalità, indizio che cerca di tenere nascosto per paura che, mostrando il suo lato vero, possa divenire debole, possa essere una preda facile. L'indizio si riconosce perché è discontinuo con un atteggiamento, è fuori posto nell'insieme, è l'intruso della commedia. Ho la capacità di denudare i vizi e di posizionarli esposti in bella mostra, in vetrina con una sincerità sgarbata pari alla sua menzogna.

Osservo come i passanti gesticolano, come si voltano, come sorridono, come abbassano gli occhi, come si guardano intorno guardinghi, come alzano o abbassano il mento e poi come muovi i capelli, come reclini la testa, come sei sgomento se capisci che ti sto osservando ...

Tanto non scappi, prima o poi incrocerò proprio te!

IL GABBIANO

La gente è ipnotizzata dal proprio progetto di giornata e se più fortunata dal proprio progetto di mese, se più visionaria dal proprio progetto di stagione, ma di solito non va oltre. Le necessità quotidiane e gli impegni portano l'umanità ad occuparsi di questioni noiose ed impellenti: la spesa, i soldi, le bollette. Unico sprazzo di sogno è l'amore e lo scovi nel sorriso beato del passante, che è insieme ad un nuovo incarico ben remunerato l'unico motivo di beatitudine. Eppure la natura ed il Creato sono motivo di più grande beatitudine e ci circonda ed è gratis. Un fiore è di tutti, come un tramonto o la brezza. Il tramonto che sto vedendo è infatti stupefacente come tutti i tramonti che ho visto in vita mia.

Guardando il fiume, la luce rosata cambia il colore dell'acqua. Tutte le sere ho osservato il tramonto. Tutte le sere ho provato emozione per il tramonto. Tutte le sere ho copiato le sfumature del tramonto nella mia mente. Tutte le sere ho dato un significato ai colori del tramonto, perché il tramonto è il bilancio del giorno, il tramonto è la poesia della giornata che è passata. Il tramonto compone la sua poesia giornaliera parlando con i colori e cantando con le sue sfumature. In pochi sentono quella musica. Ho sempre vissuto in luoghi che si affacciano sul tramonto. L'ovest è il mio panorama e per istinto conosco sempre la posizione dell'ovest, come fossi una bussola posizionata sul magnetismo del tramonto.

Sta per arrivare il buio. Tra poco si accenderanno i lampioni. Decido di fare una passeggiata prima di andare a dormire. Il Centro di questo quartiere è meno verde e gli edifici sono a più piani e più ravvicinati. Mentre cammino e osservo questo inciampo del tessuto urbano, sento alcuni rumori che si fanno sempre più chiari e definiti.
Un gruppetto di ragazzini schiamazzanti attira il mio sguardo. Urlano eccitati e si agitano. Mi avvicino con fastidio e vedo ragazzini esaltati e capisco che le urla sono di incitazione, eccitazione mista ad un'emozione di orgasmo.

Urla sgraziate che gelano. Si stanno accanendo verso qualcosa sul marciapiede. Mi avvicino ancora di più perché non mi piacciono le loro urla e provo inquietudine.

Sul marciapiede un esserino bianco, è un povero gabbiano finito nelle grinfie dei suoi aguzzini: povera bestiola urla muta verso il cielo mentre gli spaccano le ali e le ossa con delle sassate.

Corro urlando ed imprecando verso questi drogati di paura. Anche il cagnolino abbaia e corre verso di loro.
Si voltano e si fermano per un istante, quasi scocciati per questa intrusione al festino. Gli sguardi da increduli per la mia reazione diventano taglienti come la ferocia. Stizzosi del mio ardire. Mi odiano per aver interrotto l'orgia di sangue e dolore. Si voltano feroci pronti ad affrontarmi, li affronto feroce pronto ad umiliarli. Cercano di tenere il punto e cercano di restare uniti per spalleggiare insieme la loro forza. Mi sfidano, ma stanno bleffando, come tutti i crudeli sono anche codardi. Il cane si para davanti a loro ringhiando.

Devo dividere gli sguardi per indebolirli, devo affrontarli uno alla volta.

Affronto il primo, il più spaccone, il capetto dell'orgia, il più codardo che si finge coraggio, ma che da solo non conta nulla. Gli altri si mettono in posizione, a disposizione dei comandi del capetto, ma lasciano per gerarchia l'onore del comando e il diritto del primo. Il capetto non pensava di essere il primo, non avrebbe voluto iniziare lui, adesso deve ostentare virtù che non possiede. Lui stringe i denti e loro si stringono in gruppo. Lui provoca in avanti, quindi un altro pronto dietro di lui. Ricercano sempre il branco, lo ricreano istintivamente perché nel branco si confonde la loro vigliaccheria. Un balletto di codardi che coprono i buchi del mio affondo. Più mosse di pugni oscillanti e saltelli in punta di piedi che colpi cercati e tirati. Ironia ostentata con sorrisetti ambigui che ricade come scherno sull'incapacità del colpo. Forse non si sono mai confrontati con la crudeltà e la sincerità della strada, per loro è stata una recita mal recitata su un palco senza spettatori obiettivi. Sulla reazione personale sono fragili anzi indifesi, li conosco bene gli sbruffoni, e quindi li divido. Riesco a sbilanciare il gruppetto e ad affrontarli uno per volta. Qualche pugno, qualche spinta, qualche calcio. Io ho poco dolore da offrire ancora, loro ne hanno di più. Loro sopportano poco, io sono addestrato a sopportare tanto. Sentono la puzza di chi ha già perso tutto e possiede solo quei pochi stracci che porta addosso. E' una puzza potente la mia e che disarma. Sentono il coraggio di chi vive di presente. Sentono la loro patetica debolezza di chi ostenta il nulla. Sono vergognosamente nudi.

Loro scappano, io resto fermo, resto lì.

Mi pulisco la bocca dallo sporco e dalla saliva amara. Mi raddrizzo per riordinare il mio orgoglio e mi avvicino al cane che sta sorvegliando la vittima di quella stupida e cattiva vigliaccheria. Il cane è immobile, bocca aperta per la tensione, lo sta vegliando. Il cagnolino ha il pelo ancora drizzato, ma offre protezione al gabbiano. Il dolore si allarga e si impossessa del terreno protetto dal cane, in silenzio.

Il gabbiano oramai urla piano con spasmo lento, urla al cielo con muto lamento. Mi piego verso di lui, ho un nodo in gola, sento anche io l'urlo muto. Il cane si avvicina e lo annusa con rispetto.

Non riesco a piangere, ma vorrei. Il gabbiano si spegne lento come una batteria scarica, piega il collo e allenta i muscoli, si lascia andare al buio.

Adesso vola verso il cielo infinito.

Rimango in ginocchio sulla carcassa. Fermo anche io il mio respiro. Trattengo il respiro per stargli vicino. Anche il respiro disturba il silenzio del lutto. Poi un pianto muto buca la mia gola. Un urlo che sento solo io, spezzato dallo stomaco. Adesso non trattengo la mia rabbia e la voglia di vendetta.

Raccolgo le sue tante piume che nel fragore dello schianto e dei colpi si sono staccate, le stringo nel pugno con rabbia. Sono piume con brandelli di carne e di sangue.

Su me e il gabbiano scende la notte. Sulla pietà si allontana e si spegne l'occhio della notte.

Zoom di stacco come la morte.

Guardo in alto.
Inizio a correre, l'eccitazione è forte.

Se metto i fili tra un palazzo ed un altro riesco a tessere la struttura invisibile. Rifletto che devo prepararlo a terra e distendere i fili in pochissimo tempo. Ho poco tempo. Faccio un sopralluogo mentale sui palazzi e capisco distanza e punti di ancoraggio. Mentre torno con la mente sulla strada, mi muovo, vedo dei cassonetti e frugo dentro per trovare qualche materiale utile. Accanto ad un bidone una rete da imballaggio ... utilissima! Qualche spago e lacci. Poi lenzuola e stracci bianchi ... perfetti!

Stanotte non si dorme, stanotte c'è vendetta.

Lascio il cane legato ad un palo. Speriamo non abbai, mi sembra complice, potrei fidarmi, ma non può aiutarmi.

Salgo sul primo palazzo. Entro arrampicandomi in silenzio con la scala incendio e poi, come un gatto, lungo il cornicione. Devo ancorare bene i primi fili, quelli che reggeranno tutta la struttura. Annodo insieme tutti i pezzi di corda, spago, lacci e faccio fili anche con gli stracci. Adesso lancio le funi fatte di tutto, con un peso improvvisato anch'esso tesoro del bidone, sul tetto dell'altro palazzo. Assicurato il primo capo della fune, assicurate le funi, mi arrampico sul palazzo di fronte. I Palazzi li ho scelti con cura, vicini, raggiungibili, in un punto di strada evidente affinché nessuno si possa sottrarre alla vergogna!

Salgo sul tetto del secondo palazzo. Tiro i fili e li ancoro bene. Mi assicuro che tutto sia saldo. Preparo la sagoma sul tetto: una rete per dare forma e le lenzuola leggere per dare volume. La rete piegata farà la ferita. Le lenzuola bianche saranno il corpo. Una sagoma spettrale che aleggerà sulla strada. Devo sbrigarmi, ho il tempo, qualche ora di una notte.

Dopo poche ore è tutto pronto. Mi sono portato anche un barattolo di vernice rossa, anch'esso bottino del bidone della spazzatura. Domattina pioverà e questo mi sarà utile per l'effetto. Distendo la sagoma e prendo pochi punti di ancoraggio alla struttura, pochi perché deve muoversi al vento. La faccio scivolare come teleferica sul binario che ho creato. Scorre sui fili. Quando sta al centro della strada la lascio, sarà il suo peso a mantenerla al centro.

Ormai è quasi l'alba, il cielo è nuvoloso. Scendo, prendo il cane e torno a dormire nel mio rifugio. La tensione mi porta con passo sicuro al buio della nicchia, fino ai miei cartoni. Mi copro con la mia coperta, il cane accanto a me e inizio a tremare. Questa volta non ci saranno gesta di eroi con la lancia e lo scudo, né ipnotismi di serpenti minacciosi a farmi addormentare. Questo sonno sarà svenire per la fatica della mia battaglia. Respiro a singhiozzi. Sarà un sonno tormentato.

Sui quotidiani del giorno dopo:

E' Mistero: avvertimento o provocazione?

Questa mattina è apparsa un'installazione nel centro storico: un enorme spettro come gabbiano, che volteggiava sulle teste dei passanti. Un corpo di rete e lenzuola come piume macchiato di rosso sangue. Con la pioggia la vernice colava sui passanti inorriditi che si insozzavano della sagoma carcassa di quell'uccello. E' stato trovato in prossimità anche un gabbiano ucciso a sassate, vegliato da una bambina che non voleva che l'uccello fosse rimosso. Gli organi competenti hanno con cura smontato la installazione e indagano sull'accaduto.

GIUSTIZIA

Mi sono risvegliato con fatica, con nausea e con un forte senso di frustrazione. Il risveglio dopo la vendetta non è mai di benessere. La vendetta non è appagante poiché segue un delitto, un torto, un'ingiustizia. È la convalescenza dopo un trauma, che probabilmente lascerà tracce per sempre, al minimo cambio del tempo un dettaglio riaffiorerà, si farà sentire acuto e farà ancora male. Non sono cicatrici facili e la vendetta non rimargina mai bene e del tutto. Comunque si è perso. Qualcosa o qualcuno è stato vittima e questo non fa star bene. Quello che favorisce l'infezione è l'indifferenza della gente, quella superficiale stupidità che si appropria dei più e che da sempre è il vestito migliore della borghesia cortese. Quella ignavia virale che appesta la gente e che si spaccia per educata riservatezza. Un velo di colpevole menefreghismo che porta un impermeabile scuro indossato per far rimbalzare le lacrime altrui. Quell'impermeabile che si nutre solo degli umori propri e che inconsapevolmente rende tutto muffa ed insalubre. Eppure quasi tutti sfoggiano quell'impermeabile e non sentono la loro puzza di sudore e di umore nauseabondo, perché l'impermeabile non fa traspirare neanche la loro anima, che alla fine puzza anche lei, marcita al chiuso. Ripensare a quei giovinastri vigliacchi, è un cazzotto nello stomaco. Ripensare al sorrisetto di paura stampato sulla loro faccia è disgusto. Il capetto che si serve di altri giovinastri più sciocchi di lui, ma sempre più muscolosi di lui. La banda serve per chi non è forte di muscoli, ma spera di manipolare con astuzia la mancanza di obiettivi di altri. Il capoclan è solo uno che ha obiettivi, per quanto loschi o stupidi o vigliacchi, è colui che pone la meta o l'illusione di uno scopo. A lui si aggregano i senza idee, i senza visione, gli sbandati in cerca di un padrone. E' l'obiettivo, qualunque esso sia, che conferisce lo scettro ad un individuo capoclan. Chiunque abbia obiettivi propri di buoni sentimenti non ha necessità di un capetto e chiunque ha obiettivi ha il coraggio necessario per perseguirli. Il coraggio nasce dal credere in qualcosa e desiderare di ottenerla. Io non ho obiettivi particolari, ma voglio solo pace, un obiettivo semplice, poco condiviso, ma così forte da avermi trascinato per strada. Desidero pace e giustizia che come la bontà non è possibile se non con la giustizia appunto. La parola bontà è vuota se non ha contenuti forti ed invincibili come la giustizia. La pace e la giustizia prevedono vendetta, non sempre, però a volte è necessaria. Una vendetta calibrata, simile ad una lezione di vita. Una lezione forte senza edulcorazioni, senza scorciatoie, senza pietà. Una lezione scioccante che rimane per sempre e forse insegna qualcosa. Deve bruciare e bruciare tanto. La vendetta è un concetto conflittuale per la cultura occidentale, sempre attenta al concetto di perdono. Si rilancia e si rimanda tutto al giudizio divino. Di fatto si spera solo che "Un" altro –Un ben altro Condottiero!- dia al posto nostro una bella lezione esemplare. Nominiamo un Giudice *super partes*, molto super, e in Lui confidiamo il nostro riscatto, la nostra rivincita che poi non è altro che vendetta. Se anche non arriva, si trova il modo di vederla comunque in pochi dispetti del destino, non proporzionati al delitto origine della rivendicazione. Nel sentimento comune la vendetta è intrisa di sangue e di tormenti, ma nella realtà la vendetta è anche gentile o almeno può esserlo. Basta non avere sentimenti gotici e ciò che riversiamo non avrà risvolti lugubri e torvi. Per quanto io sia scarto e rifiuto della società, non provo sentimenti sanguinolenti, semmai gotici nel senso artistico, ma non di pena e sofferenza da infliggere a peccatori di ingiustizia inferta. Le mie vendette sono fantasiose, manipolano il senso di vergogna, della colpa, dell'imbarazzo, tormentano il senso del ridicolo e dell'impaccio, capovolgono i ruoli tra carnefici e vittime, creando labirinti di confusione. Una rete di denuncia dove il carnefice si impiglia per la vergogna. Il carnefice teme molto la vendetta.

Sono così escluso e rigettato dal mondo, che credo solo in me stesso. Un cane sciolto, un cane libero, un cane perso, un cane senza padrone. Sono un lupo solitario perché abbaio alla luna e non mi sento solo e cammino nella neve senza sentire freddo, perché è andata così e sono abituato così. Sono un lupo coraggioso perché vedo nella Natura e la sua bellezza il mio scopo di contemplarla e questo mi basta per la mia felicità. Ogni alba mi ricorda la mia Fede e ogni tramonto mi appaga del canto della vita. La giustizia della mia giornata è la promessa del giorno dopo che giuro ogni sera di fronte al tramonto. È una preghiera. Senza giustizia non c'è promessa, senza promessa non c'è il giorno dopo e il giorno dopo ancora. La mia vita è stata una promessa continua di giustizia e ho cercato di non tradire mai la mia unica amante. Lei era per me così affascinante e sensuale che non avrei desiderato mai altra tentazione. Per questo non posso relegare la giustizia ad una speranza di giustizia suprema, mi toglierei un amore, la mia passione, la mia ragione di vita, la mia contemplata bellezza.
La mia missione di ieri è compiuta ed io mi sento fedele a Lei, alla giustizia, al mio amore.
Sono così fedele ed innamorato e per questo non mi perdo.

Il gabbiano è volato via, ha trovato braccia più gentili che lo hanno consolato. Saranno mani amorevoli a pettinare le sue piume e a ricomporle. Le piume arruffate, esplose dalla paura e dalla morte, saranno di nuovo lucide e composte. Quella pace che appaga e che esiste solo dopo la morte. Un abbraccio che ti avvolge e conforta il buio e ogni paura di questa vita. Prima di quell'abbraccio non esiste consolazione così piena, perché la vita è battaglia continua disseminata di buche di tutto, ritmata da passi falsi per ogni falsa illusione e promessa. Rari i momenti appaganti davanti all'appuntamento del tramonto. Il mio tramonto di oggi avrà colori forti, colori netti che bucheranno il buio. Colori così forti e nitidi che bucheranno il mio cuore di grido, che, come sempre, non si scioglierà in pianto.

Sarà comunque dolorosissimo ancora.

INDIZI

Ogni giorno il mio raggio di esplorazione si fa più ampio. Posso camminare per ore senza una meta precisa. Mani in tasca, viso verso il cielo, cane al passo. Mi sorprende il fatto che riesco ad essere trasparente, nonostante non mi sforzi mai di esserlo. La gente non mi vede, io sono invisibile. Tutti corrono in fretta, non si guardano negli occhi, non sono curiosi di chi incrociano. Il mio ritmo di camminata è differente al loro, questa aritmia dovrebbe essere percepita, invece neanche questo fa interrompere il loro cieco e sordo ritmo. Tutti occupati al ritmo loro, sincroni al proprio, unisoni al mucchio, altri ritmi non li percepiscono, non esistono e quindi io sono trasparente. E io sono contento così. Soldatini in marcia ritmica, che non si accorgono di un incursore o di un nemico. Un segreto c'è: non devi mai guardare negli occhi le persone che incroci, così non le distogli dal loro tic tac. Se le guardi si svegliano e ti vedono. Non bisogna guardare nessuno negli occhi, se non desideri essere osservato. Nel mio camminare invisibile io al contrario osservo ogni dettaglio.

Mi incuriosisce molto la natura e l'architettura di un luogo, parlano della storia di un territorio. Mi immagino chi altro abbia calpestato quei luoghi. Quale uomo o donna, con quali fattezze, con quale storia, con quale dilemma, missione, desiderio è passato sullo stesso mio percorso? Mi invento storie di uomini, riesco a vedere scene di vita, mi sento parte di un infinito che non ha inizio e non avrà mai una fine. Questo vale anche per le piante e per gli animali. Specie autoctone rimpiazzate da specie invasore. Una lotta per lo spazio e per il cibo. Tutto è in lotta, sempre. Eppure gli uomini sono così superbi da pensare che la vita e la storia appartenga solo al loro specifico percorso, come se non esista il prima e quello che verrà. Sono così miopi da non avere la visione della scia del tempo, della velocità pazzesca del tempo e della nostra aritmia lenta rispetto a lui, al tempo. Solo cambiando il ritmo e la convenzione del tempo il panorama che vedo diventa panorama visto in altre epoche da altri uomini e da altri animali. C'è stato nella scia del tempo un momento di pace e un momento di battaglia, un momento di semina ed uno di raccolta, il momento di costruire e il momento di distruggere e l'architettura è come l'archeologia, sparge indizi di storia. Bisogna ricercarli e rimetterli in fila per capire il segreto di un luogo. Ogni architettura è espressione di un movimento, non solo di una permanenza. Un villaggio di pescatori ha tracce di lavorazione e vendita del pesce, di addii di fatica e orizzonti lontani, panorami che diventano paesaggio dello stesso villaggio che li guarda. Il villaggio che guarda con paura e angoscia il mare, la paura di un nuovo invasore, di un non ritorno di un caro amico. Queste emozioni si attaccano agli edifici e li trasformano. Una città mercantile ha tracce di attracco, di deposito e di partenza merci, speranza di benessere che diventa forma di decoro ostentato quanto l'aspettativa del guadagno. Una città di pianura è rilassata sul terreno, agricola, non ha panorami e non ha traccia di contaminazioni, perché guarda se stessa. Questi indizi mi fanno sempre sorridere e fantasticare. Il mio tempo lo passo così, non ho altro da fare se non fantasticare, dipingere e punire l'ipocrisia dei ciechi. Quei ciechi che ritengono la loro posizione sociale unico traguardo di cultura e di comprensione. Le persone cieche che incrocio hanno raggiunto solo l'obiettivo di una patente per un lavoro, ma

non conoscono l'obiettivo di viaggiatore di percezione di più mondi paralleli.
La mia scuola non è stata solo la strada, bensì i miei incontri con altri vagabondi di strada come me. Sulla strada ci finisce tanta gente e alcuni sono colti, anzi molti sono colti, alcuni sono addirittura geniali. I vagabondi colti hanno più patenti, quelle raggiunte quando non erano emarginati e quelle acquisite in seguito al loro esilio, e poiché non hanno più bisogno di competere con altre patenti, regalano tutto quello che sanno e regalano anche tanti segreti, che altrimenti non regalerebbero. Ho conosciuto professionisti, professori, visionari, artisti di grande talento che, finiti per la strada per varie e personali disavventure, hanno diffuso la conoscenza in modo gratuito, per chi voleva conoscerla. Una scuola gratuita per veri studenti interessati e motivati. Loro elargiscono generosamente tutto ciò che sanno, perché non conoscono la gelosia del custodire la sapienza. Vivono in pace, senza competizione, senza ambizioni materiali, senza paura della sopraffazione di classi e posizioni sociali, sono liberi sulla linea del traguardo. Vivono nel fondo del mare, nelle fogne e non c'è alcuna meta da raggiungere. La caduta verso il fondo non gli ha fatto più intraprendere la scalata, si sono rotti tutte le ossa e la voglia di guarire con loro. Entrati nella dimensione del tunnel sotterraneo, della fine del pozzo, non intendono più sentire il profumo del pulito che ricatta prestazione, che ricatta sensi di colpa, che ricatta il riscatto. Sono diventati saggi, non sono più solamente sapienti. Il loro sapere si è condito di esperienza e quindi diventa saggezza. Il saggio in esilio possiede sapienza articolata da umana filosofia. Nessun saggio è taccagno di insegnamenti, semmai è parco per suscitare in te l'avidità di imparare, quell'avidità che, quando appagata, consente di non sprecare la lezione appresa. Chi ha sete di

conoscenza, avidità di imparare, ricorderà la sete e non sprecherà l'acqua e tantomeno denigrerà la fonte. Ho appreso con avidità ogni lezione regalata. Ho memoria di ogni lezione appresa e ricordo ogni maestro che con amore mi ha regalato il suo sapere. Ricambio ogni maestro con lo stesso amore che mi ha donato.

I miei maestri sono con me in ogni ricordo della loro lezione.

Sono con me.

INCENDIO

Ho preso l'abitudine di sdraiarmi per almeno una mezz'ora sul prato verde del parco, dopo una bella nuotata al fiume. A volte l'acqua è freddissima, ma dopo qualche bracciata la sensazione di benessere e di sentirmi pulito è beatitudine! Poche bracciate nell'acqua con il mio fedele cane e mi sento rappacificato con il mondo. C'è chi possiede piscine private, io possiedo un intero fiume. Sdraiato sull'erba osservo il cielo e decido come potrebbe essere la giornata.

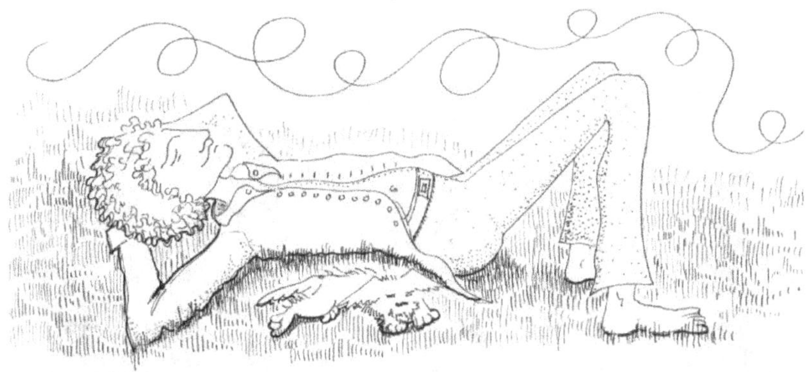

Ho una mia teoria sui venti. La tipologia dei venti determina gli umori delle persone. La Tramontana tempra e ti sfida, un Grecale rende romantici, il Levante sussurra di oriente e profuma di spezie, lo Scirocco innervosisce, l'Ostro è profumato, il Libeccio è piacevole anche se porta i brividi del freddo, il Ponente è rassicurante, il Maestrale è duro e ti scuote. Rimaniamo sempre e comunque creature di questa terra, condizionate e subordinate agli eventi naturali.

Oggi è Scirocco, caldo e appiccicoso. Oggi sarà una giornata nervosa. Mi giro a curiosare nel parco e come sempre vedo quella bimba sulla riva del fiume. Sempre ad osservare l'altra sponda, sempre immobile a puntare l'altro versante del fiume. Mi preoccuperò il giorno che non la dovessi più vedere, per ora è un curioso mistero che presto svelerò.

Mi avvio al mio passatempo preferito: sbirciare la vita degli altri. Ieri ho visto un posto abbandonato che mi ispira qualche riflessione. Una villa decadente abbandonata, che ispira storie di malinconiche speranze, tradite e dimenticate.

Sento delle presenze passate, che vogliono dirmi qualcosa. Vorrei capire o vorrei spiare vite altrui.

La villetta abbandonata non è distante, sempre lungo il fiume, ma scostata dal viale principale e la recinzione e gli arbusti nascondono bene l'ingresso. E' di certo abbandonata da molti anni, non ci sono tracce recenti sul viale di ingresso.
Scavalco un muretto sbucciato e raggiungo la spaccatura della facciata che sembra spezzata da un fulmine. Si sentono solo rumori sordi di sassi che calpesto e sposto. Si sentono solo i miei passi e quelli del mio cane.

Il passaggio nella spaccatura del muro non è agevole tra mattoni rotti e vecchi calcinacci, forse ce ne sarà un altro, ma questo è quello più visibile. L'edificio di pietra, intonacato un tempo di colore celeste, da una parte costeggia la riva del fiume, ma è come se desse le spalle al fiume, cosa alquanto originale. Una facciata che nega il panorama dello scorrere dell'acqua e della vita che comporta. Una dimora che rinuncia ad osservare il mondo e si chiude in sé, nello sguardo del proprio giardino.

All'interno, tutto risulta ovattato di solitudine e abbandono. Qualcuno ha scritto con la vernice sui muri interni dell'edificio parole urlo, parole mozzate, parole criptiche, parole inquietanti, versi di disagio. Una sala con il pavimento di marmo, pareti di intonaco scrostate, porte di legno sconnesse, travi di solaio in bilico. Arredamento devastato, divani di velluto, tendaggi sfarzosi, specchiere con belle cornici, una volta ricche, fatte a pezzi, tutto coperto dalla polvere che cambia i colori e che rende ogni cosa immobile e stratificata in un preciso momento. Una patina di nebbia. Ragnatele ovunque abitano le stanze. Gironzolo, ispeziono, non rubo nulla, ma tocco qualsiasi cosa.

Mi sono portato una mela e un panino vuoto. Mi siedo e con il mio fedele cagnolino dividiamo il pranzo. Il nostro è sempre un appuntamento che condividiamo con calma. I bocconi sono piccoli e li mastichiamo con tranquillità. Se vuoi assaporare il cibo e triplicarlo, devi mangiare con calma, assaporare ogni piccola variazione di sapore, ispezionare con la lingua ogni differente consistenza. Così si triplica la quantità di cibo e così non si sente fame.

Schiamazzi di ragazzi. Una ragazza sguaiata li accompagna.

Entrano, noi ci nascondiamo. Si siedono e iniziano a ruttare parole che somigliano a versi gutturali. Ragazzi volutamente sgraziati che ostentano volgari bugie di sicurezza. Non posso muovermi, altrimenti me ne andrei volentieri.
Il mio cane sembra capire sempre cosa fare, mi imita in ogni situazione. Ci nascondiamo meglio, entriamo nelle crepe dei muri e cambiamo colore come un camaleonte. Nessun rumore, nessun sospiro, diventiamo invisibili, anche la polvere ci copre per nasconderci. Nessuno si accorge di noi, il drappello respira in modo avido, si muove rumoroso e urla. Sono troppo presi dalla teatralità dei loro racconti per percepire altre presenze. Esistono solo loro sulla faccia della terra ed in un luogo abbandonato non pensano di essere in compagnia. Il mondo è solo per loro!

Gesticolano e urtano tutto, come se sconquassare qualsiasi oggetto si incontri sia un modo di ostentare dominio e possesso. Comando io il mondo e quindi distruggo quello che incontro! E giù risate ad ogni disastro, giù risate a ogni oggetto scaraventato per terra. Begli oggetti che hanno resistito dimenticati al passare degli anni, distrutti in pochi secondi al passare dei barbari. Si buttano sui divani sgangherati come loro e iniziano a raccontare idiozie e a ridere in modo forzato.

Restiamo ad ascoltare indecenze, così noiose da diventare monotone e non seguo più il filo dei loro versi. Mi assento per conto mio e seguo le mie fantasie, osservando un ragno che, fermo nel mezzo della ragnatela, sembra chiederci perché tutta quella folla a casa sua. Faccio amicizia con il ragno che sembra più affine a me e mi isolo ancora di più.

Però, ad un tratto i ragazzi cambiano tono di voce e raccontano un fatto grave: hanno provocato un incendio. La mia attenzione si fa acuta. Si vantano tra loro di chi è stato più abile ad incendiare il bosco di una valle accanto. Hanno appiccato dei piccoli inneschi e poi si sono dileguati in un bar.

L'incendio scoppiato in più punti ha bruciato un intero bosco con tutti gli animali e loro ridono! Stanno ridendo con versi cattivi come le loro azioni. Stanno anche litigando tra loro su chi è stato più "bravo" nel disastro. Chi tra loro ha costruito l'innesco più efficace per provocare la tragedia, che ovviamente loro non percepiscono tale. Descrizioni di una tragedia, riportate come fosse una burla o una bravata di un manipolo di simpatici buontemponi.

Abbandono la mia pigra assenza e mi concentro ad ascoltare quella disgraziata avventura. Non perdo nessun dettaglio e anche il ragno sembra attento alle loro cattiverie. Così attento da chiudersi in mezzo alle zampe come dentro una cesta, ché lo possa nascondere bene. Il ragno è diventato una piccola pallina nera di zampe. Il cane ha il pelo dritto ed è immobile, ringhia in silenzio. Io sento il mio respiro denso e formiche sul collo per la rabbia.

Li osservo meglio, un ragazzo ha pochi denti, forse la droga o forse una rissa, sembra il tuttofare del gruppo, alto e magro, pochi capelli radi e dritti. Un altro ragazzo è molto alto e molto sovrappeso, lo smontatore, il rissoso a cui chiedere aiuto. Un altro ragazzo sembra il più timido, ma anche il più astuto, è biondino e molto magro, rimane chinato su se stesso con sguardo di traverso come per osservare e colpire di taglio. La ragazza potrebbe essere carina se non fosse denutrita dal disordine e consunta dal vizio, una ragazza usata dai tre per gioco e sottomissione, la vittima che ride sempre e sembra commuoversi in continuazione. Tutti sembrano una caricatura, se solo sapessero di esserlo.

Li odio! Li affronterei, ma sono troppi e poi non capirebbero e non servirebbe a nulla, il danno è già compiuto. Ascolto tutto, ogni dettaglio del racconto, ogni impercettibile sfumatura di emozione per cogliere le loro debolezze, le loro paure, i loro inciampi. Li ho sezionati avidamente, conosco ogni loro organo e ho fiutato l'odore della loro paura. Si danno appuntamento per il giorno dopo, sempre qui, stessa ora. Grande errore. Se ne vanno non dopo aver detto altre bestialità degne di demoni.

Poggio il viso tra le gambe rannicchiate e rimango per un po' a disintossicarmi dalle cattive energie. Il cane rimane con me e il ragno distende le zampe diventando una stella. Sono stanco, direi spossato. Raccolgo le idee, imbastisco una trappola, ispeziono i dettagli, visiono la scenografia, progetto la struttura, calcolo la meccanica, studio i colori. La vendetta dovrà essere lirica, un'operetta sguaiata e tagliente, un'esplosione di frammenti che specchiano miserie umane, uno spillo silenzioso e velenoso come lanciato da una cerbottana.

C'è ancora un po' di luce per agire, esco dal mio nascondiglio con il mio cagnolino e raccolgo per le stanze un po' di quei frammenti di arredo: vetri, specchi, tendaggi. Molti pezzi offerti dal loro passaggio distruttore.
Trovo una fessura di luce in uno squarcio di muro. Da quella fessura calcolo la curva di luce del sole che entrerà domani. Conosco l'ora dell'appuntamento, conosco da dove entreranno, conosco chi entrerà per primo, chi lo seguirà, conosco ogni loro passo e movimento ... li conosco. Li conosco come conosco un topo che corre sempre lungo gli angoli o una mosca che tonta sbatte sui vetri, o un rospo che cercherà sempre l'acqua. Con i tendaggi imbastisco

quattro sagome di stoffa e frammenti di specchi come paillettes, che somigliano ai ragazzi balordi. Sembra la scenografia di un teatro vuoto, con i costumi di uno spettacolo lasciati con poco ordine. Ognuno in una posizione precisa, ognuno con un ruolo grottesco preciso, ognuno con la propria partitura. Fisso pezzi di specchi in modo che raccolgano la luce e la proiettino in un punto preciso. Alcuni specchi in bilico come paravento. Altri pezzi di vetro nascosti nelle pieghe dei tessuti. Un ultimo sguardo, controllo il punto esatto di convergenza degli specchi, questo è l'obiettivo importante. Con alcuni fili allestisco una ragnatela di sipario. Sulla ragnatela appendo alcuni pezzi di vetro. Mi volto e anche il ragno sembra soddisfatto. Direi che può andare. Ricontrollo tutto in modo maniacale. Questa sceneggiata sarà un successo.

Sì

Perfetto.

Tutto è pronto.

Funzionerà!

Mi allontano, elenco di nuovo in testa tutti i passaggi della scenografia. Ho memoria di tutto e conosco bene cosa accadrà quando si aprirà quella porta, quando il primo balordo procederà nella stanza fino a quando entrerà anche l'ultimo avventore.

Conosco il tempo di collasso.

Mi allontano al buio dalla villetta, mi sento nauseato.

La giornata è stata faticosa, posso tornare alla mia cuccia. Impiegherò parecchio tempo per rientrare, sono intossicato e barcollo per la stanchezza ed il disgusto.

Sui quotidiani del giorno dopo:

Giochi pericolosi

Questa mattina tre ragazzi ed una ragazza sono stati portati in ospedale in gravi condizioni, riportavano ustioni e tagli su tutto il corpo. Dalle prime indiscrezioni pare che i ragazzi si fossero avventurati dentro un edificio abbandonato e passando attraverso un varco siano stati colpiti da un fascio di luce rovente provocata da alcuni specchi che facevano da lente e così si sono ustionati. Nella fuga disordinata, i ragazzi hanno poi colpito delle strane strutture di specchio legate con pezzi di stoffa che cadendo li hanno feriti. Gli inquirenti ipotizzano un gioco pericoloso dei ragazzi, che si divertivano a ritrarsi in goffi pupazzi, visto anche alcuni costumi di scena ritrovati sul luogo. Peccato che il gioco sia diventato una trappola pericolosa! Una bambina vestita di bianco ha portato sul luogo un mazzo di fiori ed un sacchetto contenente alcuni grilli bruciati.

LOTTA PER SOPRAVVIVERE

Sono entrato nella nicchia barcollando e mi sono sdraiato, coprendomi con le coperte senza trovare calore. Così stanco da non riuscire a chiudere occhio per la rabbia.

Le figurine del muro sono nervose, iniziano a comporsi e a muoversi. Un serpente, un guerriero.

La lotta tra il guerriero e il serpente è un'eterna lotta. Ogni notte cambiano strategie e eventi, ma i combattenti ogni notte danno il meglio di sé. Il serpente calibrerà la sua istintiva astuzia e il guerriero calcolerà la sua valorosa astuzia. Due lottatori, entrambi di egual valore, entrambi temibili. L'istinto della fiera contro l'intelligenza dell'eroe. Si vince e si perde. La coppa della vittoria è la vita e la medaglia della memoria è sconfitta e morte, perché per gli eroi non ci sono altri premi.

Se fisso il muro vedo che crepe e fessure iniziano a muoversi e a lottare. Il serpente, dopo aver fronteggiato a lungo il guerriero, si impenna e sorprende l'avversario con una mossa a sorpresa: sputa veleno sul guerriero e il guerriero barcolla indietro. Caduto a terra il guerriero si strofina il viso e gli occhi con il gomito, ma il veleno è molto denso ed appiccicoso e il guerriero è diventato quasi cieco. Riesce ad alzarsi, ma cade di nuovo a terra e il serpente si avvicina lentamente sempre ondeggiando. Il guerriero tenta di contrastare l'effetto del veleno, cerca a fatica di rialzarsi, ma ricade sempre. Il serpente non ha fretta, consumerà il suo pasto in tutta calma, lo ingoierà vivo e con calma sarà il suo stomaco a ucciderlo sempre con calma, sempre con ipnotica, lenta calma.
Però il guerriero non ci sta a finire nello stomaco dell'enorme rettile senza reagire. Sul suo viso c'è traccia di orgoglio e promessa di fiera vendetta. Le piume del suo elmo si muovono al vento e il serpente si sta concentrando alla vista di quella lunga e viva vibrissa. Si sta confondendo e questo è un vantaggio per l'eroe stordito che giace a terra.

L'eroe è tale e quindi si sta concentrando per colpire nel giusto momento, quando il serpente è a tiro di lancia, con movimento calibrato e senza spreco, perché l'energia si è addormentata con il veleno. Il serpente lo stringe con i suoi tentacoli e lo alza da terra. Continua a fissare la piuma colorata che ondeggia e che adesso sembra un tentacolo anch'essa. Il serpente continua a confondersi, crede che la piuma sia la lingua di una testa. Il guerriero mantiene il vantaggio sull'istinto senza conoscenza della bestia. Il serpente si prepara a colpire l'ultimo anelito di vita della sua preda, l'ultima resistenza di vita al suo poderoso e mortale veleno. Fissare la piuma che ondeggia è tenere sotto tiro il suo avversario. L'elmo e la piuma sono di fronte alla testa e agli occhi del serpente, ma il serpente non si rende conto che il viso e il corpo dell'eroe sono al di sotto, proprio in corrispondenza del suo corpo e del suo cuore. Il serpente ha istinto e si confonde e questo errore potrebbe essere fatale. Il guerriero lo sa. Basta non sbagliare e il guerriero non sbaglierà. Stringe la lancia che, mentre il serpente si accinge ad ingoiare l'elmo convinto sia la testa, conficca con le sue ultime forze nel cuore del mostro, stringe lo scudo che lo protegge dall'improvviso collasso del serpente, stringe ancora una volta la vita e stavolta non intende mollarla. Il mostro sorpreso collassa al suolo a rallentatore, come in ritardo il mostro comprende l'errore e la sua sconfitta mortale. Volterà gli occhi al buio solo dopo aver guardato il vincitore con rassegnata sconfitta. E' un serpente, se fosse il guerriero coglierebbe l'ironia dell'inganno, ma forse anche il mostro la coglie. Il mostro ha perso e muore.

Il guerriero è sotto il serpente morto, il guerriero ha vinto, adesso può riposare e aspettare che l'effetto del veleno passi. Si addormenta esausto.

Il cane con un sospiro si addormenta sul mio petto.

FIORI BLU

Se mi capita fumo una sigaretta. Il fatto di fumare occasionalmente rende la cosa un evento da festeggiare.

Assaporo il fumo, calibrando ogni mossa della mia mano, ogni flessione delle mie dita, ogni boccata è un anello che sale e si allarga. Rallento le movenze in modo da prolungare il piacere e quando arrivo alla fine, spengo il tizzone con gesto elegante e sapiente. Spengo la sigaretta senza fare fumo, staccando il tizzone. Ho uno stile tutto mio nel fumare, come fossi in frac. Oggi è festa, oggi ho fumato, oggi vesto in frac.

Quando si ciondola per strada e si è dell'umore giusto il passo deve saltellare lento, una sorta di dondolio del piede che coinvolge le ginocchia, se si fischietta è meglio, se si tengono le mani in tasca poi è perfetto, se il naso va verso l'alto e gli occhi sono socchiusi la scena è perfetta!

Oggi è Grecale e la giornata sarà romantica. Buttando i piedi con ritmo in avanti sto passeggiando su un viale ombreggiato da alberi fioriti azzurri. Alcuni fiori sono caduti con il vento, dono di festa come tappeto. Non provo senso di colpa a calpestare tanta bellezza, è un regalo. Il cagnolino apprezza questo tappeto azzurro e con delicatezza appoggia le zampette, senza spostare i fiori che continuano a piovere gentili. Un profumo fantastico che copre quello della sigaretta appena spenta.

C'è un'altra creatura che cammina come me scanzonata, è una ragazza carina. Gentile è il suo viso pieno di efelidi, castana chiara di capelli, figurina svelta e magra, scarpette leggere, passo lungo, vestitino corto colorato, ha un gatto tra le braccia. Sorride. Simpatica! Ci incrociamo e non mi guarda nemmeno tanto è assorta nei suoi allegri pensieri.

Proseguo anche io assorto nei miei. Dopo pochi passi però, io e il mio cagnolino ci voltiamo per sbirciare la figurina svelta e il suo gatto pelo a righe. Lei continua assorta e noi sorridiamo. Lei continua assorta e noi ci perdiamo ad immaginare i gentili pensieri che la illuminano e rimarranno mistero.

Mi appiccica un sorriso, il cagnolino scodinzola.

Il cagnolino decide di seguirla e quindi anche io lo seguo. Lei svolta dietro un angolo, noi a distanza la seguiamo, lei attraversa un ponticello, noi anche. Lei imbocca un viale nel parco e noi dietro. Solo il gatto sembra accorgersi di noi.

Poi la ragazza si siede su una panchina e inizia a strusciare le righe di gatto. La mano si muove elegante, le dita sfiorano i baffi, il gatto socchiude gli occhi. Le dita sfiorano le guance e il gatto si struscia alla sua mano. Lei gli accarezza la schiena e il gatto si mette in punta di piedi, coda dritta e si appoggia al suo viso. Sentimenti così leggeri che sembra che la ragazza e il suo gatto volino sopra la panchina. Lei è davvero bellissima.

Mi allontano per non disturbare questi scambi di amore, discreto il mio cane arretra, sbirciando con la coda dell'occhio la scena.

Non conosco l'amore, non l'ho mai conosciuto. Per uno come me, la vita si sviluppa in solitudine e soli ci si sente più protetti. L'amore è un concetto che si insegna e si impara e nessuno me lo ha insegnato. Come qualsiasi sentimento, l'amore ha delle caratteristiche riconoscibili da chi ha strumenti per riconoscerle. Non conosco racconti o storie d'amore, non mi basta una istintiva simpatia per chiamarlo amore. Quel sorriso, quella simpatia, rimane solto un sentimento gentile e di ammirazione per questa figurina bella e gioiosa, ma nulla di più. L'amore potrebbe somigliare a questo sentimento, ma io preferisco non dilungarmi troppo in analisi. Sono solo e ho già il mio grande amore di giustizia ... e poi adesso ho anche un cane.
Il sorriso continua però ad allargare il mio viso, questa ragazza gentile, che ha risvegliato in me sentimenti ed

emozioni felici, si merita un regalo e vorrei dichiararmi così. Un regalo da uno sconosciuto, che non si rivelerà mai.

Sarò un ammiratore segreto.
Tornerò sul viale il pomeriggio tardi, raccoglierò i fiori blu caduti dagli alberi, sceglierò i più belli, ne comporrò un bouquet e lo appoggerò sulla panchina. Sparpaglierò altri fiori intorno alla panchina a formare un tappeto blu. Ho trovato una piccola cesta, poserò dei fiori a farne cuscino. Ho intrecciato una ghirlanda, adagiata vicino al bouquet. Ho costruito con dei rami un piccolo ombrellino. Forse troppo romantica la scena, ma lei sorriderà, sono certo che sorriderà. Una festosa e colorata scenografia di riconoscenza per il sorriso che mi ha regalato una splendida ragazza.

Sui quotidiani del giorno dopo:

Curiosità

Questa mattina è stata fotografata una graziosa ragazza seduta su una panchina tempestata di petali celesti, con un bouquet di fiori blu che si riparava con un ombrellino composto da tralci di fiori.
Un gatto acciambellato, dentro una cesta con cuscino di fiori blu, le faceva compagnia. I cittadini si chiedono se è un nuovo spot pubblicitario, flash mob o semplicemente una romantica e piacevole stravaganza. Rimane il fatto che l'immagine è finita sulla copertina di molte riviste di moda. Una bambina vestita di bianco, con una ghirlanda in testa, giocava con il gatto, ma non si è voluta far fotografare.

GIU'

"Ti devo trovare un nome, te lo meriti."
Ormai è tempo che mi fai compagnia e devo dare peso alla nostra storia e mi serve quindi un nome. Il cane mi guarda, lingua di fuori e scodinzola!

Non è facile scegliere un nome. Non è facile poi per un cane che si comporta come un umano ed è la mia ombra. Deve avere un nome umano, si merita un nome antico come il mio: - "ti chiamerò Giuseppe Junior!" Per abbreviare: Giù Junior!
Il mio tesoro di cane mi guarda, scodinzola e abbaia, il nome gli piace! Giù Junior e Giuseppe, Giuseppe e Giù Junior!
Non ho mai avuto un compagno di viaggio e aver trovato un nome è davvero una novità particolarmente emozionante. E' una grande responsabilità proporzionale all'affetto e alle emozioni che il cane mi da. Le ultime avventure che ha condiviso, in ogni occasione ha dato prova di intelligenza e complicità, siamo una banda. Eppure ci siamo incontrati da poco e non ho avuto il tempo di istruirlo o di educarlo o di creare abitudini. Ci siamo piaciuti e ci siamo capiti. Mi avrà anche scelto per affinità, ma non ne sono molto sicuro, l'istinto è empatico non intelligente e razionale. Forse aveva un amico prima di me, forse, chissà ...?!
Forse aveva anche un nome, qualcuno lo aveva già amato. Mettendogli un nome, ho l'impressione di impadronirmi di qualcosa, un atto di prepotenza che non vorrei. Non ho diritto di affibbiargli un nome, ma in qualche modo gli concedo un dignitoso e rispettoso riconoscimento. Le sue

gesta potranno individuare un piccolo eroe, che avrà un nome e potrà essere ricordato.
Non so se già lo avesse e quale fosse il suo nome, ma oggi ha il mio: Giuseppe Junior.

E io ho un'emozione che mi soffia sul cuore.

MUSICA

C'è un'orchestrina formata da quattro ragazzi, che si riuniscono all'angolo di una via ogni settimana. È piacevole ascoltarli, suonano e cantano musica tradizionale, una musica che mi ricorda in modo confuso la mia infanzia. Un ragazzo molto basso suona un contrabbasso, parecchio ironico il contrasto di dimensioni tra lui e lo strumento, un ragazzo molto emaciato suona una chitarra, una ragazza con capelli colorati e vistosi suona un violino e un'altra, mentre canta, si accompagna con un'armonica e un tamburello. Quando iniziano a suonare, mi apposto vicino a loro per sentire le loro note e sperare di far riaffiorare parte della mia memoria perduta. Qualche passaggio delle loro canzoni le ho imparate, altri passaggi li invento, adattandoli al fraseggio musicale che intuisco.

La musica è un lusso, che alcuni si possono permettere, mentre a molti è negata. Se non si è musicisti la musica si ascolta per strada, per radio o attraverso la televisione. Io non possiedo nè una radio nè una televisione, non ho elettricità nella mia nicchia sotto al ponte e le batterie costano troppo care. Quando quindi l'orchestrina dei miei amici si riunisce, per me è giornata di grande spettacolo. Loro sono per me i musicisti più bravi che io conosca. Sono apprezzati anche dai passanti, che per fortuna quando incrociano il gruppetto, si svegliano dal loro torpore ipnotico e si fermano ad ascoltare. Qualcuno sorride e canticchia anche. Una festa improvvisata che con le giornate di sole riesce perfetta.

Anche oggi suonano tutto il loro repertorio, quello che già conosco, e improvvisano qualche nuovo motivo. Contano molto su un pubblico ormai consolidato e qualche nuovo passante. Questa volta però tirano fuori una grande novità attrattiva: una piccola scimmietta, che dopo le prime canzoni sbuca da dietro il contrabbasso e salta sulla spalla della cantante. Il pubblico impazzisce dallo stupore: una scimmietta non si era mai vista in città e tantomeno libera che salta tra strumenti e musicisti. Che spettacolo!

L'animaletto inizia a danzare contento, la scimmietta è rapida, si arrampica dappertutto, fa parte anche lei dello spettacolo e sembra lo sappia, ha una vocazione istrionica. È' talmente veloce da sdoppiarsi e tutti i riflettori sono su di lei, felice, che balla.

Il pubblico incantato è ipnotizzato da questo spettacolo mai visto. Tutti si fermano a guardare, sono finalmente liberi anche loro dalla loro patetica e banale ossessione ripetitiva della giornata. C'è uno spettacolo in piazza, c'è una scimmietta libera che balla, c'è una creatura deliziosa che rapisce l'attenzione e i cuori di tutti. Io e il cane stiamo in silenzio a guardare come tutti. Gli occhi sono sincronizzati su questa nuova diva che sembra in perfetta sintonia non solo con la musica, ma anche con il gruppetto di musicisti che si scambiano tra loro occhiate e sorrisi di compiacimento. Lo spettacolo stavolta è davvero speciale! Mentre siamo tutti assorti ad ascoltare, chi a canticchiare e chi ad improvvisare passi di danza, mi accorgo che alle nostre spalle siamo osservati da un uomo in divisa, che non sa se intervenire per chiedere i documenti ai musicisti sia per lo spettacolo improvvisato sia per la bestiola esotica, ma è evidente che non vuole interrompere una gran bella festa. Ci sono anche un paio di ragazzotti, che non partecipano alla festa e ora guardano la scimmietta e poi si voltano a guardare alle spalle la strada. Gli sguardi di questi ultimi sono di curiosità mista ad invidia. Non sono sguardi rassicuranti, piuttosto predatori. Giù sembra essersi anche lui accorto di quei ceffi e li punta, nonostante lo spettacolo sia sempre più coinvolgente. Piroette, salti, giravolte e capriole rendono lo spettacolo sublime. Tutti sono presi, io ancora di più. Il finale farà esultare tutti, dopo un crescendo e virtuosismi di violino, la musica si ferma di colpo e la scimmietta si tuffa, con un tempismo ed una precisione impressionante, in un sacco di stoffa poggiato per terra che si chiude appena lei vi entra. Boato di applausi, soddisfazione dei musicisti, immagino felicità anche per la diva chiusa nel sacco. La felicità per lo spettacolo appena visto e la soddisfazione degli artisti per lo spettacolo offerto si sparge nell'aria con un profumo di ottimismo. Tutti applaudono, spettatori e artisti si applaudono a vicenda con facce sorridenti e soddisfatte. La sintonia con il gruppetto di musicisti era troppa per non suggerire gioia alla loro compagna di spettacolo. Tra strette di mano e sorrisi la folla soddisfatta si dipana piano-piano dopo aver volentieri lasciato qualche spicciolo ai musicisti, che contenti ringraziano ancora con un sorriso. Ora la folla è sparita, ma con la folla è sparito anche il sacco con dentro la scimmietta. L'attrazione dello spettacolo viene dimenticata. Tra strette di mano e applausi, il sacco con la scimmietta dentro viene dimenticato e sparisce! Mi guardo intorno, prima di dare l'allarme, ma davvero non vedo più il sacco. Con aria interrogativa guardo la cantante, che ancora con gli strumenti in mano ringrazia gli ultimi passanti. Lei capisce il mio sguardo interrogativo e si volta verso il punto dove era poggiato il sacco e mi guarda di nuovo terrorizzata: la scimmietta è davvero sparita e questo non faceva davvero parte dello spettacolo!

Inizia la ricerca della bestiola scomparsa, tutti partecipano: musicisti, passanti rimasti ed anche il poliziotto al quale non interessa più se ci siano o no i documenti idonei per lo spettacolo, interessa al contrario che una creatura così delicata sia scomparsa. Tutti provano sgomento che tanta bellezza possa essere caduta in mano ad un orco. La bellezza quando viene perduta è foriera di emozioni terrifiche, non si pensa mai a qualcosa di buono e tantomeno ad un finale positivo. La perduta bellezza scatena sempre angoscia e brutti presentimenti, che tutti provano e tutti negano agli altri per non aumentare l'angoscia in una inaspettata e generosa responsabilità compassionevole. Proprio il poliziotto organizza le prime ricerche e lo fa con grande impegno. Se le prime battute di ricerca sono vicine al luogo di scomparsa del sacco, man mano il cerchio si allarga e coinvolge anche nicchie, anfratti e zone sempre più vaste. Chiunque partecipa alla ricerca della scimmietta, anche io ovviamente, ma non il mio cagnolino che si accuccia e guarda tutti senza alzare la testa. Non so se provare fastidio o curiosità per il suo disinteresse, certo è che non mi quadra. Un comportamento sospetto, ma non ho tempo per occuparmi del mio cagnolino, a me adesso interessa la scimmietta scomparsa e non posso perdere tempo prezioso. Le ricerche continuano fino al buio, senza alcun risultato. Per la ricerca della scimmietta non si chiamano pompieri o poliziotti e quell'unico poliziotto sembra un angelo volontario. Ha stampato sul viso una smorfia di sconfitta, una lunga ruga vicino al labbro che sembra un solco, un lungo taglio sulla fronte che sembra una ferita. Al buio si abbandonano le ricerche, ciascuno torna a casa propria, tutti avviliti, musicisti e passanti. La violinista addolorata non ha più la forza di camminare e viene sorretta da altri compagni più forti di lei e tutti spariscono a grappolo tra le unghie della notte, saranno solo i lampioni ad accompagnare la loro uscita di scena.

Buio sulla strada, buio nel mio cuore, il cagnolino sempre immobile accucciato, non si è mai mosso.

Non può finire così, ci deve essere una spiegazione, decido di proseguire le ricerche da solo. Chiamo Giù, che si alza e inizia a seguirmi, ma non prende mai l'iniziativa, forse non ha alcuna pista, forse è disorientato anche lui, forse lui sa cose che noi non sappiamo. Eppure finirà proprio così, dopo qualche ora ancora nessuna traccia, nessun sospetto se non due ceffi intravisti nella folla con viso tipicamente malevolo, con lo sguardo troppo fisso, con antipatia troppo esplicita, ma che non fa un indizio. Una creatura graziosa sparita nel nulla. Un'apparizione della durata del solo tempo di uno spettacolo, un istante di gioia. Un fuoco fatuo, così bello quanto l'eccitazione nell'intravederlo, perché dura un nulla. Una profonda amarezza perché ciò che ci appassiona se ne va sempre inesorabilmente, con la coscienza che troppa felicità non ce la meritiamo. Quasi un senso di giustizia il farci tornare alla realtà dura, dolorosa e spesso noiosa. La rassegnazione del vinto, che ha sempre perso nella vita e che solo con l'accettazione della sua mediocre normalità riesce a sopravvivere. Siamo sempre sotto schiaffo. Nessuno vince, tantomeno per la felicità, che dura poco e brilla tanto perché raramente appare e raramente è illuminata dai riflettori che la fanno brillare. La felicità è un flash e qualunque sia la felicità ha il destino di un'apparizione.

Mi siedo sul marciapiede, così avvilito e rassegnato da non farmi più domande sul senso delle cose. Spesso o quasi sempre non c'è un senso, è la vita, è la sorte, è il destino, è la mia storia di sempre, quella storia che cerco di punire con le mie istallazioni.

Questa volta la mia punizione verso il destino è più routine, non c'è rabbia o riscatto, è solo pigra abitudine a creare un epilogo alle vicende ingiuste. Non ho entusiasmo e tantomeno fantasia. Nessuno è da punire o almeno non ne conosco il nome, se esiste di un responsabile. Non c'è molto da riflettere, solo il ricordo per tanta gioia, un ritratto di bellezza fugace.

Torno in fretta al mio nascondiglio e prendo la scatola dei sogni, prendo i miei colori. Mentre mi avvio verso la piazzetta dei musicisti, intravedo frugando nei ricordi la fisionomia della scimmietta, mi serve per fargli il ritratto più

bello, quello che gli spettatori di quell'incredibile e irripetibile spettacolo si meritano di ricordare.
Sono nel punto dove è sparito il sacco, mi guardo intorno e cerco il mio spazio per la mia denuncia.
Un muro bianco di un palazzetto, una scala, un ponteggio precario, poche ore e sbatto sul muro la mia malinconia, la mia laconica malinconia che vorrebbe piangere, ma non piange mai. Un saluto alla mia scimmietta, che mi ha portato tanta gioia. La ritraggo nel buio, nell'ombra, che ci guarda dalla foresta del mondo, che si nasconde tra foglie e rami, tra ombra e uno sprazzo di luna. Sembra stupita anche lei dalla sorte del suo destino, ma non è triste, triste è solo chi non accetta la brutalità della vita. Chi accetta la vita che ti strapazza e ti addolora, sorride con rassegnazione sperando nel giorno successivo migliore e di buona sorte.
Finito il disegno mi allontano per guardare la scimmietta, la voglio salutare ancora.
Addio scimmietta cara, sei stata un'apparizione fantastica.
Ti ricorderemo così, finché non ridipingeranno il muro di bianco.

Mi allontano, torno al mio rifugio e neanche mi volto a guardarla, ho un'amarezza troppo ruvida nel cuore.

Sui quotidiani del giorno dopo:

Nuovo murales

Alle prime luci dell'alba è apparsa ai cittadini una curiosa opera sulla facciata cieca di un palazzo bianco. Il murales rappresenta una scimmietta curiosa che, attaccata ad una liana, si affaccia sulla strada. Non si conosce il nome dell'autore, gli artisti di strada non amano firmare le loro opere, sono artisti anonimi e così intendono restare. Pochi passanti, molti impressionati dalla bellezza dell'opera, altri invece, con un'aria malinconica, hanno abbassato lo sguardo e hanno in fretta proseguito il loro cammino. Una bimba vestita di bianco che fissava la scimmietta, ha iniziato a piangere ed è scappavia via. Facciamo un appello a chiunque conosca l'identità dell'artista. Il Sindaco che è accorso ad ammirare l'inaspettata opera era estasiato e vorrebbe organizzare una mostra dell'artista nel Municipio.

I SOGNI SPARISCONO

Nella mia nicchia si respira troppa malinconia, di quella dolce che non riesce mai a sciogliersi in pianto. Malinconia da solitudine, da abbandono, da chi si scalda solo e da chi ha tante domande, ma non ha mai osato farle. Mi sono creato un mio mondo, dove si accetta tutto come un animale. La vita è così e non ho aspettative diverse, né recrimino nulla, tantomeno lutti ed abbandoni. La mia voglia di giustizia è quel senso di guida che non posso abbandonare, perché altrimenti non darei più senso alla vita stessa. La mia voglia di giustizia però non ha aspettative di giustizia reale, punisce in sé, umilia il reo, ma non chiede ad altri interventi esemplari. Provo quasi imbarazzo per la mia inadeguatezza. Mi sento anche un po' goffo e ridicolo per punire con fantasia le ingiustizie. Le ingiustizie ci saranno sempre e non saranno le mie installazioni a fermarle o a far prendere coscienza ad altri di torti subiti da altri ancora. Chi non ha subito torto non comprende il torto altrui e non imparerà mai nulla. Le mie installazioni sono un linguaggio muto che assomiglia ad un dispetto, ma altro non è. Sono così avvilito e arrabbiato con me per non aver imparato ancora la lezione che ci offre la vita: si deve accettare tutto, persino ciò che ci rende disperati. Bisogna in silenzio abbassare gli occhi e passare via, senza commenti, senza ripicche, senza rancore.

Le crepe del muro iniziano a muoversi e io inizio a perdermi con loro. Oggi il guerriero prende forma di un furetto che ha in bocca un uccello che semina piume per la paura. Il furetto si muove veloce e le piume si sparpagliano in giro. Osservo i suoi movimenti veloci e le sparizioni e le nuove apparizioni da anfratti, alberi e dietro altri personaggi delle crepe. Il furetto non ha intenzione di mangiare l'uccello, ma di proteggerlo. Il furetto lo sta mettendo in salvo. Scappa e si nasconde e dopo poco anche l'uccello, prima sgomento, capisce e si affida al furetto. Qualcuno lo insegue, adesso li vedo, c'è qualcuno che li insegue. Intravedo balordi che hanno in mano pietre e bastoni che lanciano dietro al furetto in fuga. Il furetto è troppo veloce per loro, si muove come una serpe e li inganna con movimenti in scioltezza a loro sconosciuti. I balordi pur in confusione sono troppo determinati nella loro cattiveria. Una pietra colpisce il dorso dell'animale che rallenta, poi si ferma e apre la bocca, l'uccello ne approfitta per scappare e volare via. L'uccello ce la fa, si salva e sparisce nel cielo. Il furetto non riesce a scappare e si trascina, è raggiunto dai codardi, che provano ad ucciderlo, ma c'è un buco in un albero, il furetto disperato si lancia, con un guizzo inaspettato vi entra e sparisce nei tunnel della Terra.

I balordi urlano per la rabbia.
Anche il furetto è salvo.

Io mi addormento, angosciato ed insoddisfatto. Giù si accovaccia sul mio petto e sbuffa rassegnazione e sonno dal naso. Giù Junior conosce meglio di me come va il mondo, lui è saggio. Devo ancora imparare che all'alba avremo sorte migliore. Domani il sole sorgerà ancora e io non avrò più paura.

Lasciami dormire Dio mio e non deluderò il tuo spirito, non deluderò neanche la mia anima e terrò fede alla promessa di giustizia.
Notte Dio mio, calma la mia paura.

L'alba torna ancora e si insinua sotto al ponte.
Una sveglia amara, fisicamente non ho voglia di fare nulla, non ho la forza neanche di cambiare posizione. Rimango un po' nel mio buco, non riesco più a dare un senso alle cose e una missione alla mia vita. Sarò fragile, forse maniacale, ma ho la necessità di mettere sempre le cose al loro posto, in ordine, secondo una mia logica, perché le cose devono avere un senso e la vita stessa deve avere senso. Questo ordine che impongo alle vicende della vita mi tranquillizza, tranquillizza le mie paure, che sono tante e per chi vive sulla strada corrono impazzite. La mia logica è originale e molto personale, a volte spirituale e filosofica, ma è sempre una logica fatta di perle infilate in un filo che formano un oggetto comprensibile e quasi sempre gradevole. Non potrei vivere diversamente, perché la strada è così dura e crudele, che solo sentendomi un cavaliere posso affrontarla e motivarmi e spingermi sempre avanti. Lo sguardo del mio cane ieri, che non partecipava alla ricerca della scimmietta, mi ha fatto riflettere molto sul concetto che non esiste sempre una spiegazione e una logica. Questo avvicendarsi di episodi senza senso è la percezione degli animali. Il loro istinto li porta a guardare gli eventi senza ribellarsi dopo. Le loro azioni di difesa sono sempre immediate e mai premeditate. Gli animali li trovi curiosi di fronte ad un nemico. Spesso si fanno prendere proprio per la loro ingenuità. Il furetto ieri notte era più furbo dell'uccello, che confuso non capiva chi fosse il vero nemico. L'ingenuità, tipica degli animali è tipica anche dei bambini, che con

facilità finiscono preda degli orchi. Noi umani adulti, invece, premeditiamo tutto per paura e per interesse, due spinte di pari forza che ci spingono ad immaginare scenari futuri di opportunità. Noi creiamo le storie prima che si svolgano e diventiamo protagonisti in anticipo di ciò che ci imponiamo di fare nella storia immaginata. Vogliamo quasi allenarci prima per quella eventuale vicenda che probabilmente potrebbe accadere. Spesso poi, quando arriva la storia reale, siamo impreparati e agiamo esattamente all'opposto. Forse la nostra parte animale ci tradisce e torniamo preda degli eventi che rimangono inaspettati e imprevisti.

Devo alzarmi, mi impongo di farlo, perché la mancanza di disciplina alletta gli sbandati e per loro è fatale perché non hanno paracadute e aiuti. Se si fermano, saranno soli a curarsi e non ce la fanno quasi mai, diventano vittime preda di carnefici. Si scappa sempre dai predatori, però solo se si è in buona salute e forti.

L'INQUISITORE

Mentre sto seduto su una panchina, davanti ad un grazioso parco giochi, pieno di bimbi e tate e nonni e poche mamme, rifletto sul senso sociale di famiglia. Strano che rifletta io, che non ne ho una. E' proprio questo invece che mi rende uno spettatore cinico e senza coinvolgimento alcuno. I nonni hanno una luce negli occhi quando guardano i nipoti. Sono la loro freccia lanciata nel vento, la loro speranza di tutto. Loro, i nonni, sorridono sempre ed hanno una pazienza infinita. Le tate dipende, alcune sono simpatiche, molte sono annoiate. Le mamme, alcune somigliano alle tate, altre invece sono compagne di giochi dei bimbi!
Lo scivolo va per la maggiore, altrimenti per i bimbi sono i sassi e la sabbia i loro meravigliosi e immaginari scenari di sogno. Manipolano queste sfere lisce, le osservano, le rigirano, qualche bimbo se le mette in bocca, con rimprovero del guardiano mamma custode, altri fanno prove di lancio corto e poco calibrato, altri ancora le mettono in ordine, in fila. Sassolini accatastati, ciascuno secondo un proprio ordine di fantasia, ricreando chissà quale spazio immaginato. Architettura primigenia di spazi primitivi, di istintive tane, di rifugi di fortuna. Nella distanza tra due sassi il bimbo vede uno spazio chiuso, ci sono fili immaginari che tessono le sommità dei sassolini e chiudono bolle di spazio, travi di fili. Il bimbo sta dentro quella bolla e quindi pone altri sassolini per creare altre stanze, con una dedizione contemplativa per la grandiosa opera che sta compiendo. Il suo castello immaginario è enorme e passo

passo lo realizza accostando sassolini, con distanza misurata, con pazienza saggia, con spirituale osservazione.

Giù junior oggi è sonnacchioso, si gode il sole. Credo che ci sposteremo nel parco lungo la riva. Mi avvio con le mani in tasca e lo sguardo perso nel panorama.
Osservo la bellezza della città vecchia, da sola con i suoi decori sazia la fantasia. Riesco a perdermi sui motivi ornamentali delle cornici, sui cantonali, sui marcapiani. Ramage di foglie e di fiori vestono di natura gli edifici. Qualche angioletto paffuto sorregge balconi o elementi di sporgenza, ma è principalmente la riproduzione della natura che trionfa e si appropria dell'edificio. Si costruisce con presunzione invadendo spazi naturali per poi nascondersi con foglie di natura, è illogico oppure è il pentimento di tanta presunzione. L'uomo ha l'ardire di costruire parte del Creato dedicato agli uomini, per poi pentirsi ed inchinarsi alla Natura restituendo ad essa l'oggetto del peccato.
Individuo un bel prato e mi sdraio con il mio compagno scodinzolante.
Se c'è vento il viso è sempre rivolto al vento, in modo da fenderlo. Ecco che, viso al vento, guardo di nuovo verso la riva del fiume e noto, come sempre, che la bambina sta sempre là. Stavolta voglio capire cosa stia osservando la ragazzina. Mi concentro nel guardare bene il punto del suo sguardo. Dall'altra parte si vede qualcosa, oggi con il vento c'è grande visibilità. Sembra la sagoma di un uomo in piedi sull'altra sponda. Sembra che anche lui osservi la bambina. In pratica si puntano come vedette!
Bislacca questa immagine, anzi comica. Forse frutto della mia immaginazione, quindi inverosimile.
Ora sono stanco, si fa sera, ma poi andrò dall'altra parte a verificare chi, se è un chi, o cosa osserva la bambina. La

storia si fa interessante, specialmente per un clochard che ha ben poco da fare e non sa come passare il tempo. Prendo una decisione, vado adesso, preferisco scoprire subito cosa è quella sagoma. L'eccitazione di scoprire cosa c'è dall'altra parte mi fa alzare velocemente in piedi e, raccolte le mie solite poche cianfrusaglie mi avvio, sentendomi un ispettore vicino alla soluzione di un grande rompicapo.
Il ponte che attraverso è tessuto da un ragno. Una tela di ragno che fa da ponte tra una riva e l'altra. Progettato da Spiderman! La città moderna che si avvicina, anticipata da folate di calore, con prepotenza e senza alcun preludio è eccessiva e specchiata. Cubi, cubetti, cilindri ed ogni forma solida rivestita di vetro, compongono l'altra parte di città. Un campionario di volumi puri che si poggiano come minerali sul terreno, altri volumi più intraprendenti si incrostano tra di loro creando forme più articolate. I più fantasiosi somigliano a cristalli compositi. Architettura gelata, priva di organicità, presuntuosa ed arrogante, che non ascolta il cuore. Architettura che non chiede perdono alla Natura per aver avuto l'ardire di cambiare il profilo della Terra. Le strade sono tutte asfaltate e scaldano troppo, emanano vapori tremolanti che spanano l'immagine. Asfalto che ha un odore acre e che punge. Asfalto appiccicoso. Un senso di sporcizia e di dannoso per l'uomo.
Devo cercare il punto giusto che la bambina fissa.
Devo trovare l'uomo che la bambina fissa.
A lato del ponte c'è una discesa che corre lungo il fiume, è l'altro versante specchio, la imbocco. La discesa è resa scenografica da piazzole e aiuole con forme a tagli aguzzi di fiori, impone abito scuro anche la passeggiata al fiume. Arrivo al punto di traguardo, ma devo impegnarmi per scoprire se è effettivamente un uomo. Guardando la sponda

dalla quale guardava la bambina, riesco a focalizzare l'esatto punto e ritrovo la sagoma che scorgevo da lontano.

E' la sagoma di un uomo, sta su una roccia pulpito che spicca sul fiume, sembra una statua, invece è un uomo, seppur immobile, seppur grigio, è proprio un uomo. Mi avvicino alle sue spalle per osservarlo meglio.

L'uomo ha la pelle grigia, è vestito con cura con un completo grigio, non si può definire l'età, ma è sicuramente anziano e anonimo. Un uomo grigio vestito di grigio che, seppur elegante, sembra in giacca con un sontuoso tappeto impolverato, dalle grigie fattezze anonime.

Mi avvicino per conoscerlo, quando il mio cane inizia ad abbaiare ad un altro cane che passa e mi ritrovo a dover calmare la rissa, quando mi volto l'uomo non c'è più! Sparito! Dell'uomo tappeto vecchio non c'è più traccia.
Mi apposto seduto sul prato per capire se tornerà. Nulla. Si fa buio e decido di tornare il giorno dopo.
Oggi sono più determinato, la strada e il punto lo conosco, mi sono svegliato presto, albeggia, non ho perso tempo prima di arrivare, sono arrivato in anticipo e al punto esatto. Eccolo, stavolta non può scapparmi. Mentre mi avvicino ho un senso di disagio per la sua puntualità cronometrata sull'alba. Il vecchio e la bambina sono come due fari che appaiono all'alba e scompaiono al buio.

E' in piedi sul suo pulpito, dritto come una spada, e come un automa si è messo a puntare l'altra sponda, dove intravedo la bambina anche lei dritta e immobile a fissarlo. L'uomo è talmente polveroso e grigio da sembrare cenere. La pelle di

cera lo fa sembrare morto. Ha assunto la posizione di una polena con aria di sfida, arcigna ed anche malevola.
Mi avvicino ed intanto cerco una scusa per attaccare discorso. Vorrei proprio capirne di più. Smisto nel cervello per trovare parole di circostanza e pesco le più banali.

- "Buongiorno, splendida mattinata non trova?"

Nulla, fa finta di non sentirmi ... rilancio:
- "Il fiume da questa parte ha una vista magnifica!?!"

- "Cosa intende dire?" risponde con voce soffiata e gelida.

- "La visione della città vecchia è uno spettacolo magnifico!"

- "Direi che la città vecchia è un passato putrido che spero affondi!"

- "Trovo che la nostra memoria meriti rispetto!" rispondo un po' sconcertato.

- "La nostra memoria è da manipolare in funzione del futuro che vogliamo noi!"

- "La nostra memoria serve a migliorare il nostro futuro!" ribatto.

- "Io sono il futuro! La mia generazione è il futuro! Questa parte di città che produce è futuro! Noi siamo quelli che sanno cosa è meglio per il futuro!"

- "Scusi la franchezza, ma non è saggio rinnegare le proprie origini!" ..."soprattutto Lei e la sua generazione non dovrebbe rinnegare il passato al quale appartiene".

- "Si guardi, lei barbone con un cane pulcioso, vorrebbe insegnarmi lei cosa è meglio?"

- "Credo di poterlo fare, forse sì!"

- "Lei non sa nulla di cosa sia giusto! Lei è un emarginato della società, un giovane invisibile che non rispetta le gerarchie. Un giovane arrogante che pensa di cambiare il mondo! Ho da fare, mi lasci in pace altrimenti chiamo la Polizia e faccio rinchiudere il suo cane nel canile!"
Più schifato che intimorito mi allontano, preoccupato per il mio cane, che sicuramente non è in regola, come me d'altronde, per la società e le istituzioni. Dopo pochi passi, mi volto e ... l'uomo di pietra è sparito di nuovo! Non è ancora tramonto, ma è evidente che sparisce ogni volta che qualcosa o qualcuno può creargli problemi o fare domande. Sarò anche un clochard senza documenti con un cane senza registrazione, ma ho diritto di calpestare anche io il terreno sul quale vivo. Non ho una posizione sociale, o meglio ricopro la più infima posizione sociale, ma ho educazione e rispetto per il prossimo e per la Natura. La mia indignazione brucia per il sentimento che provo di umiliazione e di ingiustizia. Guardo il mio cane, unico bene al mondo, guardo il cielo con sfida.
Decido quindi di vendicarmi!
Arriva la notte, il parco della città moderna si svuota, io e il mio cane entriamo in azione. Ho avuto tempo di raccattare qualche oggetto dai secchi della mondezza: stracci, lattine, barattoli, fili elettrici, rami.

Mi piazzo sul pulpito che poco prima era pulpito del vecchio e lo occupo con una serie di lattine, sorrette da rami e fili, attento a non fare rumore. Tesso i fili in modo da formare una sagoma minacciosa, le lattine rosse come faccia e una bocca enorme spalancata. La sagoma è tutta testa urlante scomposta su un corpo striminzito, una mano protesa regge una bilancia di barattoli di plastica, scatolette di sardine ed un vecchio scarpone!
Mi allontano per osservarla. Un attimo prima di andare via, sblocco la sagoma in modo che si possa muovere con il vento e possa produrre un fastidioso rumore di rottame al puzzo nauseabondo di spazzatura.

Sui quotidiani del giorno dopo:

Il Mostro di lattine

Questa mattina è apparsa una sagoma inquietante su una roccia lungo il fiume del Parco Moderno. La sagoma, costruita da rottami metallici, faceva un singolare rumore di ferraglia e barattoli e agitando le fauci sembrava tuonasse. Una bilancia, che pendeva grossolanamente da una mano della sagoma, rendeva l'immagine ancora più goffa e spaventosa. Alcuni bambini che giocavano sul prato si sono impressionati a tal punto da scoppiare in lacrime.

Una bambina, al contrario impavida, proveniente dall'altra parte della riva con una barchetta, aveva raggiunto la sagoma sgangherata e soddisfatta lanciava biglie ai barattoli. Il rumore sordo la divertiva compiaciuta.

BIANCA

La bambina è una presenza rassicurante delle mie giornate. La vedo ogni giorno e credo abbia una sorte per me. Poche cose avvengono per caso e se avvengono è perché poi un destino le prenderà per mano, quindi nulla è a caso. La bambina quindi non è un caso e non è un caso che guardi sempre l'altra sponda. Oggi però al parco non c'è e questo fatto mi rende nervoso. Non saprei neanche dove poterla cercare. Non posso neanche chiedere a qualcuno, perché ho l'amara sensazione di averla vista solo io. Ci sono presenze invisibili, io sono una presenza invisibile e lei, la bambina, è come me: esistiamo, ci muoviamo ... eppure siamo invisibili per la gente comune. Siamo trapassati dagli sguardi, perché forse siamo su altri piani di percezione. Noi ci vediamo, ci riconosciamo, ma gli altri non ci vedono.
Sono quindi triste, perché provo un senso di lutto a non vedere la bambina. Ho un senso di lutto dentro al petto per tante cose che sono accadute ultimamente, ma anche per tutta una vita vissuta in modo pieno e profondo, in uno spazio deserto. Un'angoscia che crea un livido doloroso in mezzo al petto. Mi siedo rassegnato su una panchina, Giù Junior mi salta in braccio. Fissiamo l'orizzonte e mentre seguo i miei pensieri, fantasticando di storie sconnesse senza un filo logico, mi addormento. Ancora nel dormi veglia, scaldato dal sole che passa attraverso le palpebre con un chiarore rossastro, con il desiderio di non interrompere questa beatitudine, vengo svegliato da una zampata di Giù Junior. Apro gli occhi addomesticandoli al sole e mi ritrovo la bambina che mi fissa sorridendo. E'

davanti a me. E' tornata, non è sparita, non è andata via e sta giocando con il mio cagnolino. Ho un senso di sollievo, non sono solo, non siamo invisibili, non siamo vuoti a perdere.

La scena è ariosa, il vestito della bambina leggero svolazza in giravolte, il cagnolino salta e le orecchie si allargano come ali, l'aria è primaverile e profumata e anche io sono sollevato e felice. Provo una gioia profonda, il senso di lutto mi ha abbandonato, provo ancora speranza e fiducia.
La bambina ad un tratto si ferma, si volta e mi rivolge parola.

- "Ehi tu, sono venuta a salutarti e a dirti grazie!"

- "Di cosa?" faccio io, felice e sorpreso che mi parli.

- "Hai reso ridicolo il vecchio!" risponde con aria strafottente.

- "Quindi?" rispondo divertito dal suo atteggiamento.

- "Quindi il vecchio lo hai fatto sparire!" "Era il vecchio vampiro!" continua la bambina.

- "I vampiri non esistono!" ribatto con una smorfia di falsa saccenza.

- "Sì che esistono e si nutrono di cose belle, piene di energia antica e lucente!", piccata risponde la bambina.

- "Come la città vecchia?" sollevo le sopracciglia con fare saggio di chi ha intuito.

- "Vedo che inizi a capire..." Con un sorriso soddisfatto il visino le si ritrae di lato e mi osserva per capire se davvero ho capito. Mi sta studiando.

- "Quindi tu sorvegliavi la sponda per non fare entrare il vampiro!", finalmente inizio a capire davvero e non faccio più finta.

- "Continui a comprendere."

- "E io a cosa ti servivo?"

- "Non servivi a me, ma servivi nello scacchiere delle coincidenze. Sei una pedina per non farli entrare, sei un cavaliere."

- "Perdonami, ma come sarei riuscito a non farli entrare?"

- "E' bastato renderlo ridicolo. Loro, i vampiri, non comprendono l'ironia e non tollerano di essere resi ridicoli, loro si dissolvono a causa delle nostre risate. Lo hai disintegrato!" dice divertita.

Mentre la bambina parlava, osservavo la stravaganza di una piccola che parlava da grande. Riflettevo come tante coincidenze potessero avere finalmente un senso e se quella logica, così poetica ed esoterica, potesse avere una logica razionale per me. Una città vecchia presidiata da una bambina ed una città moderna presidiata da un vecchio, sembrava inoltre un controsenso che ancora non riuscivo a capire completamente. Era tutto invece così semplice, elementare, pieno di valori di giustizia e rivincita. Troppi

sentimenti ed emozioni che mi gratificavano, ma al tempo stesso mi confondevano.
Avevo bisogno ancora di qualche altra spiegazione.

- "Scusami, ma perché il vecchio presidiava la città moderna?"

- "La città moderna è fatta di volumi vuoti, di linee pure, di ricca opulenza e gelida tecnologia. Una città moderna non può contenere emozioni e sentimenti e variazioni di percezione e sfumature di colore e vibrazione di toni. La città moderna è terreno perfetto per i demoni. La città vecchia al contrario è sorvegliata da antichi spiriti che come sentinelle la presidiano."

- "Non ci posso credere!", dico guardando il cielo e le nuvole e chiedendo al vento se fosse credibile questa storiella.

- "Posso farti una domanda?" rincalzo con coraggio ed imbarazzo.

- "Dimmi pure!" risponde con un sorriso che le illumina il visino.

- "Come ti chiami?"

- "Mi chiamo Bianca!" risponde, come fosse ovvio il suo nome.

Mentre scuoto la testa, per l'ironia e lo stupore di questa logica inaspettata, mi nasce un sorriso e un senso di gratitudine per la vita. Forse esiste una giustizia naturale, spirituale e anche logica.

Il mio sguardo torna verso la bambina e davanti ai miei occhi la bambina sorridendo inizia a dissolversi, fino a scomparire del tutto. La bambina non c'è più. Bianca è sparita!
Mi guardo intorno pensando si sia spostata o si sia allontanata, forse è stato un attimo di distrazione, forse un momento di fantasia, ma nulla.
Sono incredulo, continuo a voltarmi, guardo anche il cagnolino, che invece mi sta di fronte e mi guarda con la lingua a penzoloni, scodinzolando felice, pronto a giocare con me, come nulla fosse accaduto.
Eppure io l'ho vista la bambina, eppure io le ho parlato, eppure ... ora ricordo: l'ho ritratta!
Cerco allora tra i fogli e i disegni che porto sempre con me. Sui disegni appare solo un paesaggio e la riva, ma della bambina neanche un segno. C'è tutto, ma non c'è traccia della bambina neanche sul disegno.
Giù Junior sta annusando il vento e mi salta in braccio. Mentre lo accarezzo angosciato, tra il pelo, noto un piccolo nastrino con una medaglietta, sembra vecchia, antica, logora, e non l'avevo mai notata prima. A stento si legge qualcosa. C'è inciso un cuore con il nome Bianca ed una data: 21 settembre 1746.

Disorientato torno stanco verso il ponte, verso la mia cuccia, verso la mia malinconia, verso le mie visioni. Come un malato che capisce di essere colpito da una malattia improvvisa, inaspettata e insospettata, mi viene il dubbio di essere impazzito. Trascino i piedi per la stanchezza. Mi guardo intorno per paura di essere osservato, di essere scoperto, quella paura di chi si sente a disagio nella propria pazzia e mi giro ancora per cercare la bimba, Bianca. Nulla.

Entro nell'ombra cupa del tunnel, entro nella mia nicchia e mentre mi infilo sotto le coperte provo vergogna e inizio a credere che tutta la mia vita sia stata un sogno e non riesco più a distinguere i fatti veri da quelli immaginati. Stavolta ho davvero voglia di piangere ed una lacrima finalmente riesce a trovare l'uscita per scorrere sulla mia guancia. E' solo la prima lacrima, poi scenderanno tutte quelle che mai in vita mia avevo versato. Un pianto dirotto, il pianto negato per tutta una vita. Un pianto di lutto, di perdita, di solitudine e di pazzia.

Sui quotidiani del giorno dopo:

Inaugurazione monumento a Bianca

Questa mattina, sulla sponda lungo il fiume del parco della città vecchia, è stata inaugurata la statua di Bianca, la bambina che salvò nel '700 la città dalla peste.

La leggenda racconta che una bambina, aiutata dal suo cagnolino, passò intere giornate di vedetta lungo il fiume. Presidiando le sponde impedì a chiunque di entrare e la popolazione si salvò. Questa antica leggenda è molto cara agli anziani che ancora la raccontano ai bambini. Il Sindaco ha voluto onorare la tradizione che vuole Bianca protettrice dei bimbi e della città.

OMBRE

Due ombre oscure si aggirano nella notte, sono a caccia e seguono una pista. Sono eccitati, sono veloci e sgusciano nel buio. Sono sagome indistinte, potrebbero essere qualsiasi cosa, si vede solo il riflesso della luce della città nei loro occhi, bagliori di paura. Sono occhi di animali predatori, assetati di sangue, cercano una preda. Stanno fiutando ogni traccia della vittima, stanno perlustrando tutto. Nessuno può vederli perché loro stessi sono il buio. Sembrano alti, ma quando si accucciano diventano striscianti, non hanno altezza definita. Si muovono serpeggiando sul terreno. Nulla è chiaro di queste ombre, solo che sono a caccia. Hanno perlustrato ogni angolo, hanno fiutato ogni buco, hanno rovistato ogni piega della terra e ogni crepa di asfalto. Hanno frugato ogni cespuglio e sniffato ogni filo d'erba. Annusano l'aria, odorano il vento, leccano le tracce, assaporano le orme. Cercano qualcosa e la cercheranno tutta la notte e non si fermeranno. Sono cani rognosi addestrati a non tradire il loro padrone. Addestrati con il bastone e la paura, nell'obbedienza di sottomessa gratitudine. Hanno così paura del padrone, da esercitare bene il loro compito, devono trovare la loro preda e dovranno eseguire bene il loro lavoro, altrimenti la punizione sarà terribile. Incrociano dei passanti nottambuli, ma nessuno di loro li vede, perché il buio è nero. Non si fanno notare, sanno mimetizzarsi agli occhi distratti dei pochi passanti. Eppure di notte si fanno pochi incontri, si incrociano poche sagome, ma ci sono percezioni diverse che non ti fanno vedere. Mondi differenti che non vengono percepiti da chi è indifferente o sovrappensiero. Si sente solo la loro presenza con un brivido di gelo. La notte li nasconde bene e loro stessi sono più bui della notte. Continueranno a cercare fino all'alba e se servirà anche di giorno e sapranno mimetizzarsi anche allora. Hanno un compito preciso e il padrone non può rimanere deluso.

Il bagliore dei loro occhi sono il solo dettaglio visibile. Sono torce inquiete che setacciano tutto. Torce che girano vorticose ed impazienti e si allontanano perlustrando coperte dal buio e dalla paura.

PASSO DI VOLO

Dentro la mia nicchia inizio a farfugliare parole e pensieri. Una confusione di tutto, una perdita totale del tutto. Tutto mi gira in testa con capriole e discese ripide e provo un senso di nausea per la caduta. Non mi sento più un cavaliere, credo la mia missione sia finita e con essa la mia vita. Il mio è un mondo parallelo che a volte si incrocia con altri mondi, ma spesso rimango nella mia solitudine. Non ho contatti reali se non con il mio cane, non parlo con nessuno se non con il mio cane, non ho nessuno se non il mio cane. Io non credo più di volere andare avanti, vinco battaglie oniriche che non sono lette come vorrei. Le mie punizioni sono solo comprese da me e forse da qualche vittima, che comunque ha perso e mai sarà risarcita del danno e del dolore provato. Inizio a credere che neanche le mie vendette siano di lezione a qualcuno, troppo lontani i nostri mondi e con essi i linguaggi che comunicano tra esseri. La mia vendetta è così spirituale da risultare una preghiera per me, così sentita e toccante da restare muta e pronunciata solo nella mia mente. Le mie parole sono mute e quindi gli altri non le sentono. Solo quella bambina con il vestito bianco e le scarpette rosse è stata l'unico personaggio con il quale ho provato empatia e con il quale ho comunicato. Una figura di una carta, una figura di carta, così semplice, pallida e bianca come il suo nome. Non sembrava reale, piuttosto un angelo o uno spirito, comunque un'anima che solo io ho visto. Non è un'immagine che emana il calore di un corpo, ma sento che prova le mie stesse emozioni, che sono più calde di un corpo. Il fatto che sorvegliava la riva del fiume e controllava quel vecchiaccio cattivo ed incartapecorito le infonde un'aura di giustizia e di bontà. Un coraggio sorprendente per una bambina così piccola. Ora che ho ridicolizzato il vecchio, sarà contenta e orgogliosa di me, se non altro potrà riposarsi e lasciare il suo posto di vedetta.

Quante fantasie le mie, quante storie irreali mi faccio, però quella bimba esiste ed è reale anche se somiglia ad una figura di carta. Tocco ancora la medaglietta del cane e fisso le crepe del muro che non mi dicono più nulla. Nessun cavaliere, drago, furetto, nessuno compare per distrarmi da questi pensieri. Mi addormento senza forze, ubriaco di dubbi.

Ho freddo e non mi va di alzarmi, il cane non mi riesce a scaldare stamattina. Lo guardo e anche lui sembra stanco, le avventure hanno stancato anche lui. Dorme accanto a me, sotto il mio braccio e sembra sogni e ogni tanto ha dei sussulti. Lo accarezzo, non mi piace che abbia paura, lui non deve avere paura. Lui ha me che lo protegge.
Nella nicchia è sempre buio e la luce arriva come uno schermo dal fondo del tunnel. Il giorno non entra nel tunnel, ma io vedo la luce sul fondo e so che è giorno. Ho scelto apposta questo luogo, così nascosto è più difficile scovarmi. Fuori dal tunnel pochi passanti nel parco interrompono il faro di luce che entra e sembrano sagome nere con una scia di ombra lunga dentro al tunnel. Voglio restare ancora qui dentro la nicchia e dentro la mia cuccia e non voglio muovermi per un po'. Se poi ne avrò voglia, mi alzerò più tardi o forse domani, se ne avrò voglia. Se ne avrò voglia...

Il ringhiare del mio cane mi sveglia appena, appena il tempo di sentire un oggetto freddo che scorre tra le mie costole.

Così disgustosamente freddo e liscio come nauseabondo lo stupore che mi assale. Il cane sta abbaiando furiosamente con una forza amplificata dall'eco del tunnel. Io non vedo bene, cerco di capire cosa stia accadendo, ma è nitida l'ombra di un paio di uomini che si avventano contro di me. I colpi che entrano dentro la mia carne sono tanti, ripetuti con rabbia e sapiente precisione. Colpi continui, quasi ritmati, ripetuti, uno stiletto mi attraversa di continuo, veloce, profondo e ... non ero pronto, mi hanno colto di sorpresa e sono finito, mi hanno colpito a morte. Gli uomini fermano lo stiletto solo quando rilascio i muscoli, che tagliati abbandonano anch'essi la mia difesa. Si guardano intorno con calma per cercare eventuali testimoni, poi prima di fuggire lasciano una firma di beffa sul mio corpo che giace nella nicchia. L'ultimo accanimento vigliacco di chi eccitato si ricompone. Non provano pietà neanche per i miei occhi, unico movimento del mio corpo, che li fissano. Uno sputo di disprezzo mi colpisce il volto e una frase di disprezzo mi colpisce il cuore: "muori bastardo, il vecchio ti saluta"!

Capisco che sono pieno di sangue, perché le mie mani a coprire le ferite sono piene di un liquido caldo e appiccicoso. L'odore di sangue riempie le narici, un odore denso di epilogo. Mi hanno lasciato qui a morire nella mia nicchia, nel mio rifugio che credevo sicuro, scaldato dal mio stesso sangue che a breve si ghiaccerà. Il mio cane non c'è più, non lo vedo e non lo sento più abbaiare, lo hanno portato via o ucciso anche lui. Sono ancora più solo adesso, solo come non sono mai stato, solo come non mi sono mai sentito, di fronte al mio appuntamento con la fine. Non ho paura e non sento neanche un dolore acuto, solo un fastidio e tanta sorda disperazione per non aver previsto o sentito o avvertito il pericolo. Un freddo gelido ed insopportabile si avvinghia a me. Stavolta sono io la vittima e nessuno potrà neanche vendicarmi o punire i carnefici. Sono un animale catturato dalla morte che gioca come un gatto a tenermi ancora in vita per farmi assaporare la sconfitta. Sono cosciente e incredulo e immobile. I colpi devono avermi preso anche i polmoni, faccio fatica a respirare e sento la gola piena di sangue che inizia a sgorgare dalla mia bocca con piccoli fiotti. Un silenzioso singhiozzo di sangue. Sto assistendo alla mia morte e con coscienza analizzo cosa accade. Il sapore dolce e metallico del sangue rende dolce anche la mia morte. Non mi rimane che aspettare che si spenga tutto. Non ci sono più le figurine delle crepe, non c'è più nulla, inizio ad abbandonarmi alla fine, come al sonno che si sta impadronendo di me.

Vedo una scimmietta che mi prende per mano, il mio cagnolino ci precede spedito e altri animali mi seguono, c'è anche il furetto. Camminiamo lungo le rive verdi di un fiume e da lontano in alto vedo un gabbiano che volteggia e noi, in fila, stiamo andando da lui. Per raggiungerlo, iniziamo a passeggiare sull'aria anche noi, percorriamo un sentiero invisibile che porta nel cielo dove vola il gabbiano. Una pattuglia che corre nell'aria. Siamo così leggeri che adesso voliamo anche noi e una fresca brezza mi attraversa il cuore ferito. C'è una gioia profonda che pervade tutto il mio corpo e anche la mia anima, mi guardo intorno e mi sorridono anche la scimmietta e il mio cane e siamo felici e c'è il sole, un caldo sole. Quanta semplicità. Quanta gioia. Raggiungiamo il gabbiano che ci ha aspettato e con lui voliamo verso le stelle.

Il singhiozzo di sangue non esiste più, si è fermato.

Un ragazzo vuoto giace in una nicchia al buio, ha il volto riverso su una spalla e gli occhi ancora aperti, occhi neri come il buio, bellissimi ancora, occhi profondi come il tunnel, occhi testimoni di un lungo viaggio, occhi da far ancora innamorare. Vicino a lui un cagnolino vuoto che perde con il vento fiocchi di pelo.

Fuori inizia a piovere, un pianto lieve.

Poi inizia un temporale, di rabbia scomposta.

Poi un diluvio incessante, che calmerà la rabbia.

Sui quotidiani di qualche giorno dopo:

Allerta meteo!

Dopo le incessanti piogge di questi giorni, e a causa degli allagamenti catastrofici, si sono registrati ingenti danni a strade ed edifici. I campi intorno alla città sono stati invasi dall'acqua e i raccolti sono andati distrutti. Un disastro ambientale di rara calamità. Il fiume è esondato fino a raggiungere il livello stradale. Una corrente impetuosa ha trascinato verso il mare qualsiasi cosa incontrasse sul suo percorso. Una corrente che ha spazzato via tutto. Non ci sono state per fortuna vittime, grazie anche all'allerta meteo lanciata nei giorni precedenti. Il Sindaco ha disposto lo stato di calamità ed emergenza.
Domani tornerà il sole.

per Bianca:

Bianca vedetta scruta lontano
Bianca purezza schiarisci il fiume
Bianca bellezza dipingi città
Bianca fortuna, scarpette rosse,
apri il cuore a chi non ce l'ha.

di Giuseppe:

Chi ti sente è salvo,
chi si pente vede.

chi ti ascolta vede il mondo,
quel mondo incantato che ancora canta.

Ascolta figlio mio il canto del mondo,
ascolta il canto e balla fino all'estasi.

Non so quanto mi resta,
so quanta strada ho fatto.

Ho solo paura di un passaggio vano
La sola paura che mi fa morire

Giuseppe è un ragazzo di strada con un talento originale che utilizza per fini morali. La sua volontaria e serena emarginazione ed il suo carattere riflessivo lo rendono un castigatore delle ipocrisie e cattiverie di una società anaffettiva e crudele. Un paladino della giustizia. Un cavaliere solitario. Un artista della vendetta. Un invisibile della società, ma un protagonista della vita.
La storia inizia con l'incontro di un cane ...

www.ingramcontent.com/pod-product-compliance
Lightning Source LLC
LaVergne TN
LVHW050552160826
845677LV00011B/2287

* 9 7 9 8 3 6 7 2 5 5 3 1 7 *